春潮NOV+

回
到
分
歧
的
路
口

我与世界挣扎久

——日本文学名家十讲

上辑

无力承担的自我
芥川龙之介

日本文学名家十讲

我与世界挣扎久

杨照 著

中信出版集团 | 北京

图书在版编目（CIP）数据

无力承担的自我：芥川龙之介 / 杨照著. -- 北京：
中信出版社，2023.9
（日本文学名家十讲：我与世界挣扎久）
ISBN 978-7-5217-5491-9

Ⅰ . ①无… Ⅱ . ①杨… Ⅲ . ①芥川龙之介(1892-
1927) - 小说研究 Ⅳ . ①I313.074

中国国家版本馆CIP数据核字(2023)第044650号

无力承担的自我：芥川龙之介
（日本文学名家十讲 03：我与世界挣扎久）

著　者：杨照
出版发行：中信出版集团股份有限公司
　　　　　（北京市朝阳区东三环北路27号嘉铭中心　邮编　100020）
承 印 者：河北鹏润印刷有限公司

开　本：880mm×1230mm　1/32　印　张：6.25　字　数：100千字
版　次：2023年9月第1版　　　　印　次：2023年9月第1次印刷
书　号：ISBN 978-7-5217-5491-9
定　价：48.00元

总序

看待世界与时间

*

京都是一座重要的"记忆之城",保留了极为丰富的文明记忆。罗马也是一座"记忆之城",但罗马和京都很不一样。

罗马极其古老,到处可以感觉其古老,但也因此和现代的因素常常出现冲突。例如观光必访的特雷维喷泉"许愿池",大家去的时候不会有强烈的违和感吗?古老而宏伟的雕刻水池被封闭在逼仄的现代街区里,再加上那么多拿着手机、相机拥挤拍照的人群,那份古老简直被淹没了。

或者是比较空旷的罗马古城,那里所见的是一大片显现时间严重侵蚀的废墟,让人漫步在荒烟蔓草之间,生出"眼看他起高楼,眼看他楼塌了"的无穷唏嘘。在这里,只有古老,没有现代,没有现实。

罗马、佛罗伦萨、威尼斯这些城市里,基本上记忆归记忆,现实归现实,在古迹或博物馆、美术馆里,我们沉浸在历史文明记忆中,走出来,则是很不一样的当前现实生活环境。相对地,在京都或巴黎能够得到的体验,却是现实与历史的融混,不会有明确的界限,现代生活与古老记忆彼此穿透。

我的知识专业是历史,我平常读得最多的是各种历史书籍,因而我会觉得在一个记忆元素层层叠叠、蓦然难以确切分辨自己身处什么时空的环境中,能产生一份迷离恍惚,是最美好、最令人享受的。

二十多年来，我一再重访京都，甚至到后来觉得自己是重返京都。我可以列出许多我想去、应该去，却迟迟还没有去的旅游目的地，其中几个甚至早有机会去但都放弃了。内蒙大草原、青藏高原、瑞士少女峰、北欧冰河与极光区，这几个地方都是大山大水、名山胜景，但也都没有人文历史的丰富背景。好几次动念要启程去看这些自然奇观，后来却总是被强大的冲动阻碍了，往往还是将时间与旅费留下来，又再回到巴黎或京都。

我当然知道在那些地方会得到自然的震撼洗礼，然而我的偏执就表现在，一想到平安神宫的神苑，或是从杜乐丽花园走向卢浮宫的那段路，我的心思就又向京都、巴黎倾斜了。我还是宁可回到有记忆的地方，有那座城市的记忆，然后又加上了我自己在那座城市里多次旅游的记忆，集体与个体记忆交错，组构了在意识中深不可测的立体内容。

*

京都有特殊的保存记忆的方式，源自一份矛盾。京都基本上是木造的，去到任何建筑景点，请大家稍微花几分钟驻足在解说牌前，不懂日文也没关系，光看牌上的汉字就好了。你一定会看到上面记载着这个地方哪一年遭到火烧，哪一年重建，哪一年又遭到火烧然后又重建……

木造建筑难以防火，火灾反复破坏、摧毁了京都的建筑、街道。照道理说，木造的城市最不可能抵挡时间，烧毁一次会换上一次不同的新风貌。看看美国的芝加哥，一八七一年经历了一场大火，将城市的原有样貌完全摧毁了，在火灾废墟上建造起新的现代建筑，才有了我们今天所认识的这个芝加哥。

京都大量运用木材，一方面受到自然环境影响，旁边的山区适合生长可以运用在建筑上的杉木；不过另一方面更重要的，是文化上模仿了中国的先例。中国传统建筑以木材而非石材构成，很难长久保存，使得留下来的古迹，时代之久远远不能和埃及、希腊、罗马相提并论。中国存留的古建筑，最远只能推到中唐，距今一千两百年，而且那还是在山西五台山的唯一孤例。

伴随着木造建筑，京都发展出一种不曾在中国出现的应对策略，那就是有意识地重建老房子。不只是烧掉或毁损了的房子尽量按照原样重建，甚至刻意将一些重要建筑有计划地每隔十年、二十年部分或全部予以再造。

再造不是"更新"，而是为了"存旧"。不只是再造后的模样沿袭再造前的，而且固定再造能够保证既有的工法不会在时间中流失。上一代参与过前面一次建造过程的工匠老去前，就带着下一代进行重造，让下一代也知道确切、详密的技术与工序。

这不是由朝廷或政府主导的做法，而是彻底渗入京都居民的生活习惯。京都最珍贵的历史收藏不在博物馆里，而在一间间的寺庙中。每一座寺庙都有自己的宝库，大部分宝库都是"限定拜观"，一年只开放几天，或是有些藏品一年只展示几天。最夸张的，像是大觉寺（侯孝贤电影《刺客聂隐娘》的拍摄取景地）有一座"敕封心经殿"，里面收藏了嵯峨天皇为了避疫祈福所写的《心经》，每逢戊戌年才会开放拜观——是的，每六十年一次！

我在二〇一八年看到了这份天皇手抄的《心经》。步入小小藏经殿堂时，无可避免心中算着，上一次公开是一九五八年，我还没出生，下一次公开是二〇七八年，我必定不在这个世界上了。这是我毕生唯一一次逢遇的机会，幸而来了。如此产生了奇特的时间感，一种更大尺度的历史性扑面而来的感觉。

*

就像爱德华·吉本（Edward Gibbon）在罗马古迹废墟间，黄昏时刻听到附近修道院传来的晚祷声，而起心动念要写《罗马帝国衰亡史》，我也是在一个清楚记得的时刻，有了写这样一套解读日本现代经典小说作家作品的想法。

时间是二〇一七年的春天，地点是京都清凉寺雨声淅沥的庭园里。不过会坐在庭园廊下百感交集，前面有一段稍微曲折的过程。

那是在我长期主持节目的台中"古典音乐台"邀约下，我带了一群台中的朋友去京都赏樱。按照我排的行程，这一天去岚山和嵯峨野，从龙安寺开始，然后一路到竹林道、大河内山庄、野宫神社、常寂光寺、二尊院，最后走到清凉寺。然而从出门我就心情紧绷，因为天公不作美，下起雨来，气温陡降，而且有几个团员前一天晚上逛街时走了很多路，明显脚力不济。我平常习惯自己在京都游逛，合理的做法应该是改变行程，例如改去有很多塔头的妙心寺或东福寺，可以不必一直撑伞走路，密集拜访多个不同院落，中午还可以在寺里吃精进料理，舒舒服服坐着看雨、听雨。但配合我、协助我的领队林桑[1]告诉我，带团没有这种随机调整的空间。我们给团员的行程表等于是合约，没有照行程走就是违约，即使当场所有的团员都同意更改，也无法确保回台湾后不会有人去"观光局"投诉，那么林桑他们的旅行社可就要吃不完兜着走了。

好吧，只好在天气条件最差的情况下走这一天大部分都在户外的行程。下午到常寂光寺时，我知道有一两位团员其实体力接近极限，只是尽量优雅地保持正常的外表。这不是我心目中应该要提供心灵丰富美好经验的旅游，使我心情沮丧。更糟的是再往下走，到了二尊院门口才知道因为有重要法事，这一天临时不对游客开放。在当时的情况下，这意味着本来可以稍微躲雨休息的机会也被取消了，大家别无办法，只好拖着又冷又疲累的身子继续走向清凉寺。

清凉寺不是观光重点，我们到达时更是完全没有其他访客。

1　桑：日语音译，"先生"。（本书注释如无特别说明，均为编者注。）

也许是惊讶于这种天气还有人来到寺里参观吧，连住持都出来招呼我们。我们脱下了鞋走上木头阶梯，几乎每个人都留下了湿答答的脚印，因为连鞋里的袜子也不可能是干的。住持赶紧要人找来了好多毛巾，让我们在入寺之前可以先踩踏将脚弄干。过程中，住持知道我们远从台湾来，明显地更意外且感动了。

入寺在蒲团上坐下来，住持原本要为我们介绍，但我担心在没有暖气、仍然极度阴寒的空间里，住持说一句领队还要翻译一句，不管住持讲多久都必须耗费近乎加倍的时间，对大家反而是折磨。我只好很失礼地请领队跟住持说，由我用中文来对团员介绍即可。住持很宽容地接受了，但接着他就很好奇我这位领队口中的"せんせい"（老师）会对他的寺庙做出什么样的"修学说明"。

我对团员简介清凉寺时，住持就在旁边，央求领队将我说的内容大致翻译给他听，说老实话，压力很大啊！我尽量保持一贯的方式，先说文殊菩萨仁慈赐予"清凉石"的故事，解释"清凉寺"寺名的由来，接着提及五台山清凉寺相传是清朝顺治皇帝出家的地方，是金庸小说《鹿鼎记》中的重要场景，再联系到《源氏物语》中光源氏的"嵯峨野御堂"就在今天京都清凉寺之处。然后告诉大家这是一座净土宗寺院，所以本堂的布置明显和临济禅宗寺院很不一样，而这座寺庙最难能可贵的是有着中空躯体里塞放了绢丝象征内脏的木雕佛像，相传是从中国漂洋过海而来的。最后我顺口说了，寺院只有本堂开放参观，很遗憾我多次到此造访，从来不曾看过里面的庭园。

说完了，我让团员自行参观，住持前来向我再三道谢，惊讶于我竟然对清凉寺了解得如此准确，接着又向我再三致歉。我一时不知道他如此恳切道歉的原因，靠领队居中协助，才弄清楚了，住持的意思是抱歉让我抱持了多年的遗憾，他今天一定要予以补偿，所以找了人要为我们打开往庭园的内门，并且准备拖鞋，破例让我们参观庭园。

于是，我看着原本未预期看到的素雅庭园，知道了如此细密修整的地方从来没打算对外客开放，那样的景致突然透出了一份神秘的精神特质。这美不是为了让人观赏的，不是提供人享受的手段，其自身就是目的，寺里的人多少年来，几十年甚至几百年间，日复一日毫不懈怠地打扫、修剪、维护，他们服务的不是前来观赏庭园的人，而是庭园之美自身，以及人和美之间的一种恭谨的关系，那一丝不苟的敬意既是修行，同时又构成了另一种心灵之美。

坐在被水汽笼罩的廊下，心里有一种不真实感。为什么我这样一个深具中国文化背景的台湾人，能在日本受到尊重，能够取得特权进入、凝视、感受这座庭园？为什么我真的可以感觉到庭园里的形与色，动中之静、静中之动，直接触动我，对我说话？我如何走到这一步，成为这个奇特经验的感受主体？

在那当下，我想起了最早教我认识日语、阅读日文，自己却一辈子没有到过日本的父亲。我想起了三十年前在美国遇到的岩崎教授，仿佛又看到了她那经常闪现不信任、怀疑的眼神，在我身上扫出复杂的反应。

*

　　我在哈佛大学上岩崎老师的高级日文阅读课，是她遇到的第一个中国台湾研究生。我跟她的互动既亲近又紧张。亲近是因她很早就对我另眼看待，课堂上她最早给我们的教材立即被我看出来处：一段来自村上春树的《且听风吟》，另一段来自日文版的海明威小说集《我们的时代》。她要我们将教材翻译成英文，我带点恶作剧意味地将海明威的原文抄了上去。她有点恼怒地在课堂上点名问我，刚发下来的几段教材还有我能辨别出处的吗。不巧，一段是川端康成的掌中小说[1]，另一段是吉行淳之介的极短篇，又被我认出来了。

　　从此之后岩崎老师当然就认得我了，不时会和我在教室走廊或大楼的咖啡厅说说聊聊。她很意外一个从台湾来的学生读过那么多日文小说，但另一方面，她又总不免表现出一种不可置信的态度，认为以我一个非日本人的身份，就算读了，也不可能真正理解这些日本小说。

　　每次和岩崎老师谈话我都会不自主地紧绷着。没办法，对于必须在她面前费力证明自己，我就是备感压力。她明知道我来修这门课，是不想耗费时间在低年级日语的听说练习上，因

1　掌中小说：又译"掌小说"，日本文学概念，指极为短小的小说。

为我的日语会话能力和日文阅读能力有很大的落差，但她还是不时会嘲笑我的日语，特别喜欢说："你讲的是闽南语而不是日语吧！"因此我会尽量避免在她面前说太多日语，坚持用英语与她讨论许多日本现代的作家与作品。

她不是故意的，但是一个中国学生在她面前侃侃而谈日本文学，常常还是让她无法接受。愈是感觉到她的这种态度，我就愈是觉得自己不能放松、不能输。这不是我自己的事了，对她来说，我就代表中国台湾，我必须争一口气，改变她对于中国人不可能进入幽微深邃的日本文学心灵世界的看法。

那一年间，我们谈了很多。每次谈话都像是变相的考试或竞赛。她会刻意提及一位知名作家，我会提及我读过的这位作家的相应作品，然后她像是教学般地解说这部作品，而我刻意地钻洞找缝隙，非得说出和她不同，同时能说服她接受的意见。

这么多年后回想起来，都还觉得好累，在寒风里从记忆中引发了汗意。不过我明白了，是那一年的经验，让我得以在历史的曲折延长线上培养了这样接近日本文化的能力。我不想浪费殖民历史在我父亲身上留下，又传给了我的日文能力，更重要的是，我拒绝自己因为中国人的身份，而被认为在对日本文化的吸收体会上，必然是次等的、肤浅的。

于是那一刻，我有了这样的念头，要通过小说家及作品，来探究日本——这个如此之美，却又蕴含如此暴烈力量，同时还曾发动侵略战争的复杂国度。这不是一个单纯的"外国"，而是盘旋在中国台湾历史上空超过百年、幽灵般的存在。

在清凉寺中，我仿佛听到自己内心如此召唤："来吧，来将那一行行的文字、一个个角色、一幕幕情节、一段段灵光闪耀的体认整理出意义吧。不见得能回答'日本是什么'，但至少能整理出叩问'我们该如何了解日本'的途径吧。"我知道，毋宁说是我相信，我曾经付出的工夫，让我有这么一点能力可以承担这样的任务。

*

写作这套书时，我有意识地采取了一种思想史的方式来讲述这些作家与作品。简而言之，我将每一本经典小说都看作是这位多思多感的作家，在自己所处的时代中遭遇了问题或困惑后因而提出的答案。我一方面将小说放回他一生前后的处境中进行比对，另一方面提供当时日本社会的背景及时代脉络，以进一步探询那原始的问题或困惑。如此我们不只看到、知道作者写了什么、表现了什么，还可以从他为什么写以及如何表现的人生、社会、文学抉择中，受到更深刻的刺激与启发。

另外，我极度看重小说写作上的原创性，必定要找出一位经典作家独特的声音与风格。要纵观作家的大部分主要作品，整理排列其变化轨迹，才能找出那种贯穿其中的主体关怀，将各部小说视为对这主体关怀或终极关怀的某种探测、某种注解。

在解读中，我还尽量维持了作品的中心地位，意思是小心避免喧宾夺主，以堆积许多外围材料、高深说法为满足。解读必须始终依附于作品存在，作品是第一位的、首要的，我的目的是借由解读，让读者对更多作品产生好奇，并取得阅读吸收的信心，从而在小说里得到更广远或更深湛的收获。

抱持着为中文读者深入介绍日本文学与文化的心情，重读许多作家作品，又有了一番过去只是自我享受、体会时没有的收获——可以称之为"移位抚情"的作用。正因为二十世纪的现代日本走了和中国几乎对立、相反的道路，日本人民在那样的社会中所受到的心灵考验，反映在文学上的，看似必定与我们不同，然而内在却又有着惊人的共通性。

他们看待世界的方式，尤其是他们看待时间在建设与毁坏中的辩证，和我们如此不同。然而，被庞大外在时代力量拖着走，努力维持个人一己生命的独立与尊严性质，这种既深刻又幽微的情感，却又与我们如此相似。阅读日本文学，因而有了对应反照的特殊作用，值得每一位当代中文读者探入尝试。

在这套书中，我企图呈现从日本近代小说成形到当今的变化发展，考虑自己在进行思想史式探究中可能面临的障碍，最后选择了十位生平、创作能够涵盖这段时期，而且我有把握进入他们感官、心灵世界的重要作家，组织起相对完整的日本现代小说系列课程。

这十位小说家，依照时代先后分别是：夏目漱石、谷崎润一郎、芥川龙之介、川端康成、太宰治、三岛由纪夫、远藤周作、大江健三郎、宫本辉和村上春树。每位作者我有把握解读的作品多寡不一，因而成书的篇幅也相应会有颇大的差距。川端康成和村上春树两本篇幅最长，其次是三岛由纪夫，当然这也清楚反映了我自己文学品味上的偏倚所在。

虽然每本书有一位主题作家，但论及时代与社会背景，乃至作家间的互动关系，难免有些内容在各书间必须重复出现，还请通读全套解读书目的朋友包涵。从十五岁因阅读川端康成的小说《山之音》而有了认真学习日文、深入日本文学的动机开始，超过四十年时间浸淫其间，得此十册套书，借以作为中国与日本之间复杂情仇纠结的一段历史见证。

目录

XV

前言

"变"的精神
——芥川小说背后的人性破解

我每隔一段时间就想要重读卡夫卡的小说。二〇二二年我又在"艺集讲堂"的短篇小说课程中讲了一次卡夫卡，也就将卡夫卡一生少少的作品完整地再读了一次。而每次重读卡夫卡，也几乎都在脑中将经常被和卡夫卡相提并论的日本小说家芥川龙之介的作品反刍了一次。

对我来说，卡夫卡和芥川龙之介很不一样。无法解释的最大差异在于：我经常会觉得有需要重读卡夫卡作品的冲动，而且不管之前读过多少次，重读时还是会经常迷失在他的字句间，不能确定该如何分析、解释其意义；卡夫卡的小说，甚至他写给父亲、写给未婚妻的信，顽强地抗拒分析、解释，然而同时具备着一种神奇的力量，不断诱引像我这样的读者，自不量力地一再去进行分析、解释，又一再推翻自己的分析、解释。

芥川龙之介不需要重读。《鼻子》《山药粥》《枯野抄》《地狱变》，更不要说《罗生门》《竹林中》，这些小说我随时都记得，就连他晚期看来如此迷乱的《河童》《齿轮》《呆瓜的一生》，我也可以毫无困难地从记忆中准确召唤出诸多细节片段。这样说吧，芥川龙之介的小说，虽然表面上看或许和卡夫卡的作品很像，但他写的比较像是一座一座精巧的迷宫，如果你真的好好走过一次，克服了所有难以辨识、制造错觉的拐角，将高高低低、前前后后的景象摄入、铺排，得到了如同一张鸟瞰图般的认识，成功地走到了迷宫的出口，就再也不会被一座同样的迷宫困住了。

相较于卡夫卡，我对于解读芥川龙之介比较有把握。形成的解读都是明确地从小说本身的一字一句中老老实实建构起来的，一旦形成了，就不太会改变，那些芥川龙之介写下的字句固定在文本里不会改变，我的看法、意见同样不会改变。

那是一种极具挑战性，也能有巨大收获的解谜活动，然而不同于阅读推理小说的经验，它需要动用的解谜能力，不是理智，而是强烈的感官联想以及对于人际感情的掌握。解谜之后，读者不只能更多地认识到自己作为一个人的感情运作方式，也更进一步丰富了自己内心的感情多样性。

为什么芥川龙之介和卡夫卡如此不同？多年缠绕着我的困扰，逐渐逼出一点思索的方向。我想，这两个人都最擅长描述深度孤独，然而卡夫卡的孤独是从潜意识中，以梦一般的形式表现出来的。他的小说像是一场一场醒不过来的梦，其他人都不过是闯入梦境的现象，因为梦只发生在个人意识中，任何群体性、任何人际关系都是虚空的，而且就连梦的转折都是极度个人性质的。读卡夫卡的小说，等于是闯进了他的梦境，不管读了多少次，他的梦都不会变成我的梦，他有着独特的潜意识构成方式。

相对地，芥川龙之介的孤独是在人群中体验的。即使是他的内在意识，都被强大的集体性"人情义理"穿透，在和"人情义理"格格不入的状况中感到孤独。换句话说，在这一点上，芥川龙之介身上带着强烈的日本文化特质，和塑造卡夫卡的西方现代个人主义疏离有着很大的差异。

芥川龙之介反复在作品中呈现的，是被"人情义理"深深渗透的人们，如何彻底混淆了自我的外在与内在。很多时候人们根本弄不清楚什么是自己真正的感受、想法，什么是配合外界其他人期待做出的表现。只有在少数灵光乍现的时刻，人突然洞见了他人复杂的心理运作，或突然了解了自己的幽微心思。那些灵光乍现的时刻，就是小说要捕捉、应该捕捉的。

牵涉人的行为必定不会有简单的事实。从意识到动机到行为到效果，每一个环节都会有众多变量，使得认知人、描述人、理解人，成为一连串的解谜活动。我们别无选择被牵扯拖进这样的重重谜团中，不得不一次又一次地试图从一座座迷宫中活下来，至少是尽量不受伤地走出来。

芥川龙之介的小说提供了一次又一次的迷宫演练，帮助我们培养起辨识迷宫、鹰眼俯视的能力。

这本解读芥川龙之介的小书，主要以《地狱变》为核心文本。《地狱变》标题中的"变"字，来源是中国唐朝流行的"变文"，指的是将佛经中种种看似深奥的道理，用各种故事说给一般民众听。"变文"不正面说抽象道理，而是提供让听众、读者着迷的故事，却在故事中超越了一般世事逻辑，逼着人们带着惊讶或感动的情绪，自己去思考世事逻辑的破绽或缺点。

相当程度上，芥川龙之介的小说都具备这种"变"的精神，而我在这里做的，则像是还原"变"背后的用意，以免大家只读到故事，而忽略了应该要有的在惊讶或感动中进行的破解世事逻辑的修炼。

第一章

《罗生门》历久不衰的
文学地位

"现代经典"和"传统经典"的差别

文字书籍是人类文明伟大的发明，一直到今天都是可以让人在最短时间内、最方便地进入另一个时空的管道。阅读最大的乐趣之一，在于让人离开现实。

长久的历史中，旅行的一项重要作用，就是让人离开自己熟悉的环境，面对陌生的空间与事物，我们的感官必然会变得格外敏锐。这源自演化深植在我们基因中的一套自我保护机制。

身处熟悉的环境，你就是废物一个，抱歉用这么刺耳的方式来表达这桩事实。这意味着你不需要耳聪目明，不需要竖起耳朵听见所有的声音，不需要张大眼睛察觉所有的物体与形影，因为你已经都知道那是什么。在日常熟悉的环境里，大部分的感官都荒废着，当旅行时去到陌生地方，身体里的防御机制启动了，即使是本来在家里也有的东西，在不同处境中都会重新吸引你的注意，你才看到了，你才听到了。

我总认为：作为一个人应该有一种想要对得起自身潜能的责任，活着就不要一直停留在废物状态，要去动用感官，去尝试感官最敏锐的极限，去了解自己究竟具备了什么样的感官天赋。

我们没办法天天去旅行，现在的世界也没有太多还能让人冒险的陌生地域了。但我们还有阅读，阅读是最好的替代。打开一本书，尤其打开一本对你来说是陌生的——陌生的题材、陌生的语句表达或陌生的风格的书，你就进入了一个不同的世界，动用了你平常不动用、不会动用的感官能力。

长期以来，我提倡、鼓吹大家阅读"现代经典"，这些书和"传统经典"最大的不同之处，在于它们同时传递既陌生又熟悉的感受。这些书写成于一两百年前，或六七十年前，书中描述、显现的生活、观念、思考和我们当下有相当的差距，不专注、不用心的话，无法接收那样来自过去的陌生讯息。不过这些书的内容和我们之间有另外一种联结——可以帮助我们了解当前的这种"现代生活"到底是如何产生的。

为什么现在的人坐这样的椅子？觉得这样的家具才是适当的？觉得该这样设计家里的空间，这样摆设家具才是对的、才是美的？为什么现在的人如此安排时间，如此分配工作与休息，又理所当然地认为休息的时间应该如此运用？我们生活在当代，太熟悉当代，也就将当代生活形态视为理所当然，因而遗忘了：放宽视野，用更大的时间尺度去看，我们今天的模样对人类历史上存在过的绝大多数人来说都是古怪的、不可思议的。

我们的这种生活有其来历，没有那么理所当然。如果你想知道自己的生活是怎么来的，你就必须超越当下现实，往前追溯。而"现代经典"就是在塑造"现代"世界上曾经产生过强烈影响的作品，都是针对特殊的"现代"问题做出了精彩的回应，所以能打动人心、产生效应。

而且这些作品能成为"经典"，也就是通过了时间的考验，证明了有超越于我们个人有限生命的一份强悍韧性，不依随个人生命尺度而起落生灭。

这些经典越过时间而来，不是为我们而写的。这些经典的作者活在和我们不一样的时代、不一样的社会，他们当然不会意识到我们的存在，也就当然不会要讨好我们的品味、迎合我们的需求。这是最了不起的。

在生活中，我们花了太多时间在熟悉的事物上了。你吃的食物、你听的音乐、你看的影视剧、你接收的讯息，都是生产者知道了你的品味、你的需求而产制出来的，因此能够被你接受，能够提供给你一时的轻松舒服。

然而这其实是个集体共犯结构下的陷阱，让你陷入一时的轻松舒服，每天都只需要动用很小一部分的感官能力，让百分之九十的感受与思考能力停滞不用，让你持续将自己矮化、窄化，成为一个废物。

经典跨越时空而来，不是在我们熟悉的价值与观念体系中产生的，最大的好处就是能刺激你，让你意识到有人用这种方式活着，用和我们当下习惯的很不一样的方式活着。对应之下，你活着的方式，感受与思考的方式，当然都不是唯一的，也不必然是最有道理的，更遑论是最好的。阅读经典等于是给自己一点时间和不一样的人在一起，体会认知不一样的生活与不一样的思考。

"罗生门效应"

从我长期的阅读中，我针对日本近代小说整理出一份系谱，其中昂然站立着几位具有标杆作用的作家。接近起点的大家是夏目漱石，接下来有谷崎润一郎和芥川龙之介，两个人差不多同时崛起活跃，却因为一个长寿、一个早逝而有了完全不同的影响。

接下来是另一个大山头：作品既多且精，人生经历了众多复杂转折的川端康成。和川端的幽微沉潜形成强烈对比的，有太宰治和三岛由纪夫，他们几个人撑起了战后日本的荒芜时期，让日本现代文学没有因为败战而彻底沉沦。

然后是大江健三郎和村上春树。大江健三郎是有意识、刻意地对抗之前的日本文学风格，写出一种扭曲挫折与屈辱的反省，可以说是越过努力要从战败中重新站立的前一代，提供迟来的战争反省，直指日本集体心灵内部的战争源头、战争责任。而村上春树却是直接彻底掉过头去，离开日本传统文学，也离开日本近代文学，用一种混合西化的语言，写一种带有高度寓言性质的非写实小说。

以这几位作家为主轴，再将其他作家依照他们和其时代、创作、生活、风格等关系来安排，大致就可以知道该如何阅读、理解这些作家与作品了。这是对我自己极度有用的参考坐标系统。

谈芥川龙之介可以从一个奇特的英文单词——一个学校的

英文课不会教，但很多美国人、英国人都知道，也都会在日常生活中使用的单词说起。这个词是"rashomon"（罗生门），网络词典上有这个词，媒体上经常出现这个词，在维基百科上还可以查到相关的"Rashomon Effect"（罗生门效应）。"罗生门效应"指的是针对同一件事，不同人有完全不同、无法调和的矛盾说法；也指同样一件事，在不同人的经验中，出于不同的心理作用，会有不同的感知，产生不同的记忆，每个人都坚持自己记得的、述说的是事实。

针对同一件事，这个人认为事实是这样，那个人完全不同意，提出了彻底不一样的说法，听者无从判断到底哪个人的说法才是对的，那就可以说"it's a rashomon"（这是一个罗生门）。

"rashomon"这个词来自日本导演黑泽明一九五〇年的一部电影，在一九五一年参加威尼斯影展得到了"金狮奖"。这不只是黑泽明在西方电影世界成名的开端，也让国际上注意到了日本电影。靠着黑泽明和他的电影，一九四五年惨败的日本以稍有尊严的方式，重新被世界看到。

如果没有黑泽明，没有这部电影，小津安二郎或沟口健二，更不用说后来的大岛渚，可能都无法受到西方注意，也没机会打入西方电影的视野。"Rashomon"是这部电影的片名，写成汉字是"罗生门"。其实在我们的语言中，也会说"这像是罗生门""这变成了一场各说各话的罗生门"，这些表达同样来自这部电影惊人的长远影响。

电影的《罗生门》

《罗生门》这部电影的核心，是一桩命案，一个武士在竹林中死了，有七个人和这起死亡事件有关：一个樵夫、一个老妇人、一个差役、一个行脚僧，然后还有当事人——死者及其妻子，和被怀疑是凶手的强盗，所以电影就呈现了这七个人对于死亡事件的七段证言。

七个人，但命案发生后，应该顶多只有六个人还活着，不是吗？所以有一段死者的说法，是借由招魂找回死者的灵魂，将之附在另一个人身上说出来的。

七个人说出他们所见到、所认为的事件过程。而最惊人的是三位当事人的说法，他们直接碰触到凶杀事件，却提出了三种完全不一样的描述。事件背景是武士带着年轻貌美的太太经过竹林时，太太被强盗掳走并强暴了。武士找到了强盗，双方发生激烈冲突。

但之后发生了什么事？武士怎么死了呢？强盗说是在冲突中，他将武士杀了。太太说，她被强暴了，她丈夫在痛苦的同时流露出对她的鄙视，将她视为已经被玷污的破烂之物，因而她受不了，激愤中杀死了丈夫。但死者附身的灵魂则说，他是不堪如此受辱，因为武士的尊严自杀的。

死了一个人，却有三个凶手。到电影结束，都没有告诉观众事实究竟是什么，就停留在这些人完全无法调和的各说各话中。

一九五一年，这部电影引起了极大的震撼，因为它如此特别、如此大胆，不给答案让观众自己去想、去决定，更重要的是，这份未解决、不解决的悬疑并不是故弄玄虚，而是三种说法，甚至七份证言，都呈现出人的激烈情感，和我们的现实日常都有相当遥远的距离，然而我们也都能体会。更进一步，如果说这里至少有两个人说谎，回归那样的情境，我们也都能够理解，甚至能感同身受他们为什么要说谎，要用这样的故事来保全自己仅存的一点尊严。

经过这么多年，电影也许被遗忘了，很多人不知道、没看过这部黑泽明的电影，然而"罗生门"和"罗生门效应"却留了下来，后者甚至成了心理学上的专有名词。

不过回到电影产生的过程，"rashomon"这个词有着复杂、错乱的来历。黑泽明的电影改编自芥川龙之介的小说，然而芥川龙之介写竹林命案的小说并不叫《罗生门》，而是叫《竹林中》。芥川龙之介有另一篇叫《罗生门》的小说，写的是在京都罗生门躲雨的人如何抢劫老太太的故事。黑泽明将这两篇小说结合在一起，让电影开场于罗生门，并且将电影就命名为《罗生门》。

但"罗生门"在电影里还真没那么重要。其实不过源自芥川龙之介小说开头的一段话：

　　一天黄昏，一个佣工在罗生门下躲雨。

宽敞的城门下，除了他之外没有第二个人，只有一只蟋蟀，停在处处红漆斑驳的大圆柱上。罗生门既在朱雀大路上，照理除了他之外，应该还有两三个戴高顶女笠或软头巾的人在那里躲雨，然而除了他之外就没有第二个人。

黑泽明将樵夫放在这个场景里，电影拍下雨的情况，有几个人在门楼下躲雨，樵夫奔过来，神色慌张而且浑身颤抖。他并不是因为淋雨太冷而发抖，而是他遭遇了恐怖的命案。躲雨的人注意到他面色青白、浑身发抖，就问他发生了什么事，于是对着这些因为躲雨而哪里都去不了的人，他说出了自己刚刚的经历。他是第一个做证的人，从这里引出他的证词，让我们进入这桩奇特的命案中。

后面的证词及所有的故事，都改编自《竹林中》，但电影片名是《罗生门》，以至于大家用"罗生门"来指各说各话的现象，就算知道电影是改编自芥川龙之介小说的人，也都以为《罗生门》这篇小说讲的就是竹林里武士命案的故事！

文学的《罗生门》

"罗生门"产生了层层的误会。很多人只知道黑泽明的《罗生门》，从来不知道、没读过芥川龙之介的《罗生门》。还有一些人误以为芥川龙之介的《罗生门》和黑泽明的《罗生门》讲的是同样的故事。另外还有一层误会：以为电影中表现的，就是心理学中所说的"罗生门效应"。

"罗生门效应"指的是人带有既有的主观立场与偏见，源自过去的经验或现在的利害关系，因而会影响其对于一个事件的感受、体会，甚至记忆。不一样的人对同一件事会有不一样的经验、不一样的价值判断。然而，电影说的不是这个啊！

电影从来没有告诉我们事实是什么，也没有让我们知道这三位当事人真正的感受。黑泽明自己说的：电影的重点在于表现人的虚荣，虚荣在人的生命中如此重要！每个人的习惯，对每个人最大的诱惑，是总要将自己想得、说得比现实来得更厉害、更高贵、更了不起些。

我们无法从电影中得知事实，甚至从七份证言中对比拼凑出最接近事实的版本都很困难，因为那就不是电影的目的。黑泽明并非要拍一部让观众自己当侦探去推理找凶手的电影，他要彰显的是最普遍、最难避免的人性弱点——向别人陈述经历时，总是习惯夸大夸耀自己。

在这方面，三位当事人有着同样的态度，只是他们自我夸耀的方向不同。强盗在意的是阶级，凸显自己杀了一个地位比他高的武士。"武士平常仗剑拔刀很了不起的样子，结果还不是在竹林里被我杀了！"这是他的重点。

武士的妻子关切的是自己如何在受辱之后，仍然保有尊严。

作为一个弱女子她无法抵抗强盗对她施暴，然而她绝对不愿意在如此受辱之后，从丈夫的眼中受到再一次更痛苦的伤害，她宁可杀了丈夫都不要看到他那样的眼光。这是她从精神上维护贞烈、表现贞烈的方式。

武士在意的是绝对不能受辱。妻子被夺是受辱，没有杀了强盗也是受辱。在武士道中，受辱之后赢回地位的终极方式，就是自杀，坚决不愿苟活。依照武士道的尊严逻辑，他必须自杀，只有自杀是"对"的结局。

即便是突如其来无法防备的变局，即便是关系生死的重要事件，都不会让人因巨大冲击震撼而脱落所有的外表，呈露出真实，就连死魂也摆脱不了虚荣，要本能地优先保护自己的身份，讲出符合身份与自尊的故事版本。

他们甚至为了虚荣而都选择了对自己最不利的版本。武士说他是自杀的，那么活着的人就无从替他报仇了；妻子说是她杀了丈夫，那她就不只是被强暴受辱，还要面对杀人罪的惩罚；强盗说是他杀了武士，那么他的罪也从抢劫、强暴妇女，又升高为杀人，而且杀的是地位比他高的武士，在封建时代罪加一等。

黑泽明有效地在电影《罗生门》中传递了震撼的讯息，在当时是具有突破性的成就，但后来这份人性讯息被简化、通俗化成了"罗生门效应"，重点转成了面对客观事件时，参与者的相对主观与相对信念分裂。

将传统物语赋予"现代性"

《罗生门》改编自芥川龙之介的小说，而芥川龙之介的小说又是改编自《今昔物语》中的故事。《竹林中》取材自其中一篇《具妻行丹波国男于大江山被缚语》，而《罗生门》则取材自另一篇《罗城门登上层见死人盗人语》。

"罗城门"才是京都朱雀大路南端的城门名称，后来京都人将汉字名误写成"罗生门"，就这样一直传下来。于是很有趣也很容易混淆：今天说到"罗生门"时，到底说的是黑泽明的电影、芥川龙之介的小说，还是《今昔物语》记载的故事？

这中间绝对不能忽略了芥川龙之介的作用。黑泽明不是直接改编《今昔物语》的故事为电影的，如果没有芥川龙之介的小说，黑泽明不会看中这个故事，将《具妻行丹波国男于大江山被缚语》改编成电影。

《今昔物语》中这个故事的标题就表明了有一个带着妻子旅行的丹波国男，遇到了强盗，被绑在路边，人家救了他问他发生了什么事，他说出了妻子被强暴的经过。在《今昔物语》中只有丹波国男对救他之人的叙述，后来是经过芥川龙之介改写，才成为七段七个人各说各话的证词。

于是传统的故事就转型为现代小说。从改写中我们可以看出芥川龙之介的特性：虽然取材自古老的故事，但他具备清晰的现代小说意识——不只是有别于日本传统讲故事的叙述方式、从西方借鉴而来的写法，而且是西方都还正处在发展中的一种"现代主义"式、带有叙事革命性的最新手法。现代小说和传统说故事最大的不同点就在于作者是否有对于叙事的高度自觉。是谁在说故事？用什么人称，从什么角度？这样的人称、角度可以呈现什么，又无法看到、表现什么？叙述要以什么顺序展开，时间要如何在叙事中顺向、回向或逆向行进？

从《今昔物语》的《具妻行丹波国男于大江山被缚语》到黑泽明的电影《罗生门》，最关键的变化就在于叙述观点，从单一声音复杂化为七份独白，再加上以视觉呈现的客观场景。在芥川龙之介手中完成的这份关键转化，才成就了黑泽明高度实验性的电影拍摄方式。

芥川龙之介的小说《竹林中》发表于一九二二年，近三十年后由黑泽明依照他创造的叙事方式拍成电影，震撼了西方观众。此一简单的事实说明了芥川龙之介的创造是何等新鲜，如何远远超越了他的时代。

不只如此，芥川龙之介的现代性还表现为处理古老故事时的一份人性洞察，不是将重点放在事件上，而是凝视、探测人对于事件的反应。事件中的人物、场景可以是古老的，带有历史性的传奇味道，然而他要从《今昔物语》所提供的这个故事中去显现事件触动了人性中的哪一个面向，激发了什么样的冲动。如此被刺激出的"虚荣"不再是古老的，而具备普遍性，穿越时空向所有的现代人传递强烈的共鸣讯息。这是芥川龙之介最为擅长的。

罗生门下躲雨的佣工

黑泽明的成功带来一项令人遗憾的副作用，是人们忽略、忘记了芥川龙之介的小说《罗生门》——那是比《竹林中》早七年，一九一五年，芥川龙之介才二十三岁时发表的作品。

那是他开始发表作品的第二年，还在东京大学英语专业念书时。同样是从《今昔物语》中挪用的故事，小说一开头就写出了带有强烈视觉效果的画面，难怪后来黑泽明会选择这个场景作为电影的开头。

黄昏时，一个佣工到罗生门底下躲雨，那里空荡荡的，除了他之外，只有一只蟋蟀。为什么城门下如此冷清？因为：

> 近年来，京都由于地震、旋风、大火、饥馑等天灾人祸接踵而来，寥落得迥异寻常。据旧志上的记载：佛像或供具被敲碎了，那些上了油漆或贴金的木头，堆积在路边，当作柴薪出售。京中的情况如此，罗生门的修缮当然被搁在一边，谁也懒得去管了。而看中了这样的荒凉，狐狸来此栖息，盗贼来此藏身，到后来甚至连没有人认的死尸，也被弃置到这个城楼上来。因此到了日色西沉，就令人毛骨悚然，谁也不敢到这城门附近来走动。

故事的背景是京都遭遇连续灾难、贫穷困顿的非常时期，死了很多人，有的甚至无法被好好埋葬，以至于人们连下雨天都不愿到城门下来躲雨。

接着描述这里有很多乌鸦，是被这些弃尸吸引来的，也就是吃了人肉的。但是在这一天的黄昏，不知道为什么，连这些乌鸦都不见了，更形恐怖。过了一阵子雨停了，却发生了和开头这段形容很不相称的事。身处没人愿意靠近之处的这个佣工，在雨停之后竟然不赶紧离开，还留在罗生门下没有动。

然后，我们才知道原来他刚刚被解雇了。小说开头说："一天黄昏，一个佣工在罗生门下躲雨。"其实他已经不是佣工，连如此卑微低下的工作身份都失去了，因而他也不是真正在躲雨，下雨是事实，不过对他来说更具体的是一时失业没了去处。

下雨还比较好，可以有借口滞留在罗生门下；雨停了，连这样给自己的借口都没有了，他非得面对自己前途茫茫的现实处境不可。然后：

> 再加上今天的天色，也给平安朝佣工带来了不少的 sentimentalisme（法文，感伤）。他有意无意地倾听着朱雀大路上淅沥的雨声，一面茫然想着在一筹莫展之中如何打开僵局。

芥川龙之介故意在小说中夹杂了法文"sentimentalisme"，一方面是时髦，另一方面是要凸显平安时代和现实日本之间的差距，并且预示接下来要发生的事是如此诡奇，非当下时空所能吸收安放。

雨停了让他不得不想，自己接下来呢？几乎没有什么选择，最有可能的就是饿死，差别顶多只是饿死在泥墙脚下还是饿死在路边而已。如果死了，应该就会成为没有身份的尸体再被送回这个城楼上吧！

还有什么可能吗？小说中跳出这句话：

> 佣工的想法，在同一条路上不知低徊了多少次，好不容易才到达了这个僻角。

什么"僻角"？一个他自己一直抗拒着不愿去想的念头，一个阴暗的诱惑，阴暗到他必须避过去，却被愈来愈悲惨的状况逼了进去。那就是：如果不要饿死，就只能做贼，做贼是唯一还能活下去的办法。

城楼内的神秘火光

这个茫然失落的佣工打了一个大喷嚏，发现连小说开场时停留在斑驳红柱子上的那只蟋蟀都不见了，他更孤独了。然后天色一层层暗下来，疲累中他想至少要找个能避风雨休息睡觉的地方吧！虽然小说语气轻描淡写，但带有一种能让我们体会佣工处境如斯艰难的震撼力量。

他的想法是，那就到城楼上去吧！我们已经知道城楼上堆着尸体，他之前才刚想过自己死了也会被丢在那里，干吗要现在上去？正因为城楼上都是死人、只有死人，和死人睡在一起还比较安全，于是他一级一级爬楼梯往上。

通往罗生门城楼的梯子的中段，有一个人像猫一样缩着身体，屏住呼吸，一边探着楼上的情况，但是神奇的是，从楼上射下来的火光微微地映照在那个人的右颊上。

小说换成客观的叙述角度，让我们先于要爬上楼的佣工惊讶地知觉了楼头上竟然有光，光微微投映在佣工的右脸颊上。本来应该只有死人的地方，不只有火光，而且还是移动着的火光！当着雨夜，在这种状况中，"在罗生门上点火的，自然不是寻常人物"。我们更关切的，则是：点火的是"人物"吗？

然后再换回爬上楼的佣工的主观角度，告诉我们他看到的：

只见楼中与传闻所说的一样，乱七八糟地抛弃着几具尸体，但因火光所及的范围意外地狭小，数不清到底有多少。只能模模糊糊看出其中有赤裸的死尸，也有穿着衣服的死人。当然有男的，也有女的，似乎都掺杂在一起。而且那些死尸，几乎让人怀疑他们不曾是活人，好像是用泥巴揉成的玩偶似的，有的张大嘴巴，有的伸直手臂，东倒西歪滚在地板上。再加上肩、胸等高出的部分，朦朦胧胧映着火光，使低洼部分的影子，更显得黑暗，像哑巴般永远沉默着。

人体凸出来的部分朦朦胧胧，映着火光，使得人体凹下去的部分更显得黑暗，像永恒的沉默一般。

佣工将头探了上来，立即就闻到了尸体腐烂发出的味道，臭气使他不由自主地捂住了鼻子，但立刻他又将手放下来了。拿起来手捂住鼻子是不经思考的本能，现在却有了让他违背本能暂时忘却了恶臭的、新的、更强烈的感官刺激。

来自视觉。他看到了火光的主人，那个"不是寻常的人物"，还真的很不寻常：

> 蹲在那些死尸中间的一个人，是一个穿着棕灰色的衣裳、又矮又瘦、满头白发、像猿猴一般的老太婆。那个老太婆右手举着燃着火的松树木片，对着一具死尸深深地凝视着；从长长的头发来看，那应该是一个女人的死尸。

我们读者和那个佣工一样，看见火光的主人感到六分恐惧、四分好奇，霎时间几乎连呼吸都停了，浑身的汗毛都竖起来。

老太婆接着将燃着火的松树木片插在地板缝上，双手探向她注视的死尸头部，像母猴子替小猴子抓虱子般，将尸体的头发一根一根拔下来。死人的头发很轻易就离开了尸体。

看见如此诡异的行为，佣工心里的恐惧倒是降了下来。那么短的时间内，他内心经历了重重转折，从不知会见到什么的恐惧，到分不清眼前是人是鬼的疑惑，到这时候心里产生的强烈的厌恶，因为他明白了老太婆是人，而且他也明白了老太婆是在抢死人的头发。

他的厌恶之感来自目睹了极端的贪婪，来自贪婪带来的狰狞邪恶。这个老太婆连死人都不放过，跑到死尸堆里寻找头发，将头发拔下来拿去卖。他的厌恶其实也联系到自己爬上楼时的挣扎心情——要饿死，还是要去当盗贼呢？看到了老太婆那副可怕、不像人的模样，强烈的反感等于是给了他答案，解决了他的困境——无论如何都不要做贼吧，宁可饿死也不能变成这样啊！

生存的终极抉择

雨夜中在罗生门城楼上拔死人头发，这是不可饶恕的罪恶。激愤情绪下，佣工手持木柄钢刀，跳上城楼，抓住了老太婆，将她推倒，把白晃晃的钢刀伸到老太婆眼前。

老太婆没有发出声音，喘着气，两手颤抖着，眼睛睁得斗大，仿佛眼球都要从眼眶里掉出来了。抓住老太婆时，佣工的心情有急遽变化，这时候他成为对应关系中的强者，彻底控制住了老太婆。显然老太婆也害怕遇到了鬼，更何况还有一把钢刀抵着自己，双重的恐惧。

当他拔刀冲向前时，是带着厌恶、要去消灭恶鬼的勇气的，但这时候抓在他手里的，还原成为一个弱小的老太婆，完全不能怎么样，连一点反抗的能力都没有。于是他一时的英雄气概逐渐冷了下去，只剩下达成目的的一点安稳得意罢了。

他用比较和缓的口气对老太婆说："我不是官，不是故意来抓你的，也不会如何对你不利，你只要老老实实告诉我在这里做什么就好了。"

老太婆的眼睛张得更大，一直看着他，眼眶发红，用像鹰隼肉食鸟般的锐利眼光盯着他。皱纹将老太婆的嘴唇和鼻子连在一起了，像是在咀嚼着什么似的不断嚅动，喉头稍微动了一下，一边喘着一边发出很小很小、类似乌鸦叫的声音，说："拔死人头发，要给自己做一个假髻。"

好悲哀啊。老太婆老了，头发掉了，因此来这里拔死人头发，做成一个假髻绑在头上，让自己可以看起来像样一点。佣工得到了这样的回答，一时不知该如何应对，在犹豫中刚刚拔刀冲出来的气势大概都消散了。

察觉到他态度的转变，老太婆镇定了原本惊慌的心情，胆子变大了，就对他说："你可能觉得拔死人头发是多么糟糕的事，但我要告诉你，躺在这里的死人也没有好到哪里去。被我拔了头发的这个女人，我认识她，生前她经常去抓蛇，将抓来的蛇切成四寸长的段，晒干了之后拿去宫里卖，骗说是鱼干。而那些人笨笨的，买了吃了还说好吃。她一辈子这样骗人，如果没死的话，现在也还在继续骗人吧！"

然后老太婆又补了一句评论："可是我也没有觉得拿蛇干去当鱼干卖有多坏，因为如果不做她就要饿死。我现在做的事也没有坏到哪里去，不做就会饿死，也是无可奈何的，如果你了解这是无可奈何的一个女人，你就放过我吧！"

这句话却触动了拿着刀的男人，使他的心思又从同情快速转变了。他收了刀，看着老太婆说："真是如此啊！"老太婆替他解了心结，给了他原本找不到的答案：是啊，如果不做就会饿死，那么做了也就没有坏到哪里去。

于是他将老太婆身上的衣服剥下来抱走了，他变成了一个盗贼。小说的最后一段：

像死了一般在地上倒了片刻的老太婆，从死尸中立起赤裸的身体。转瞬之间她发出如泣如诉的声音，靠着仍在燃烧的火光爬到了梯口。她倒垂着雪白的短发，窥视城门之下，外面只有黑洞洞的夜，谁也不知道佣工的去向。

这故事的原型是《今昔物语》中的《罗城门登上层见死人盗人语》，只是一个小偷在罗生门城楼上看见有人偷死人头发的"怪谈"而已。芥川龙之介做了大幅的扩张改写。原文中遇到这件事的人是小偷，是由小偷转述的亲身经历故事，故事开始时他是小偷，故事结束时他还是小偷。

但芥川龙之介将小说的重点放在人会不会变成盗贼，和如何变成盗贼的经过上。人会或不会成为盗贼，没有必然的答案，小说中最精彩的就是短短篇幅中，这位佣工的心情有了许多剧烈的转变！

并不是走投无路的人必然会成为盗贼，成为一个什么样的人有太多偶然的因素，内在的困扰和外界的刺激相互作用，在每一个电光石火的时刻都可能产生无法预期的影响。

《今昔物语》的呈现方式和芥川龙之介的改写，明显区分出了传统故事与现代小说。现代小说要给我们的，不是明确发生的故事，不是答案。小说最后结束于"谁也不知道佣工的去向"，我们也无法从罗生门城楼上发生的这件事去判断他的前途走向，去决定他是什么样的人。小说毋宁说是一个时光切片，提醒了我们人活在世界上的高度不定、无常，随时可能遭遇重大变化。

第二章

芥川龙之介
短篇小说的魅力

只写短篇小说?

《罗生门》处于芥川龙之介小说创作的起点,那是一九一五年,到一九二七年他就自杀身亡了。他写小说的时间,甚至几乎与很晚才起步的夏目漱石一样短。在日本定版的《芥川龙之介全集》中,一共收录了一百四十八篇小说,都是短篇小说,没有任何长篇作品。他和夏目漱石、谷崎润一郎都不一样,是一个自觉、专注而且细腻、具有开创性的短篇小说作者。当然,他没有写长篇小说,也可能是因为很年轻就去世了,没有累积足够的人生经验在长篇中开展。

夏目漱石在同样十几年的创作时间中,主要作品都是具备内在厚度的长篇。一部分原因是他起步很晚,已经有很多的体会与充分的思考,再加上他有文学理论上的探求,发而为小说就不可能短小,必须有足够的篇幅才能供他挥洒。

相对地,芥川龙之介的创作爆发期是从二十二岁到三十五岁,那样年轻的时代。他还没有非要以长篇来铺写不可的累积,因而自觉地选择了短篇小说作为主要的形式。这样的选择还因为短篇小说在当时日本文学环境中的特殊意义。对他来说,短篇小说是最明确的现代形式。

他讨厌、反对当时流行的自然主义和"私小说"的写法。在这方面,他和夏目漱石、谷崎润一郎的态度是一致的,所以才能在日本近代文学史上各据创造性的山头。反对自然主义与"私小说",正是因为这两种风格蔚为主流,众人仿效,也就没有太多艺术的空间。

夏目漱石对"非人情"再三致意,因为自然主义小说写社会现实,"私小说"披露人生中确实发生过的事,都强调小说中的真实性、现实性,然而艺术必须在真实、现实之外有所创造、发明才能成立。如果不能有和平庸生活不同、主动离开"人情"去探寻人生意义的一种决心,就不会有艺术。只有带着"非人情"的价值观,才能跨入艺术的领域。

芥川龙之介认为:如果只是写现实中发生的事,那是平庸的,而艺术之所以为用,是因为它要坚决站在平凡、庸俗的对面,拉开距离后对照显现被平凡、庸俗所遮掩的人内在更深刻、更复杂的性质。

对芥川龙之介来说,流行的自然主义小说、"私小说"都写得很长,还有愈写愈长的倾向,因为里面填塞了大量的流水账。现实中平凡、庸俗的内容都在这错误的文学价值观中被理所当然地放进了小说里。所以他自己写小说时,关键的出发点是排除法,将太平庸的内容赶出小说范围,当然也使得他的作品主观地追求宁短毋长了。

芥川龙之介另一个重要的小说美学主张,是反对"以情节为中心的小说"。这个立场在他和谷崎润一郎的论战中,表现得最清楚、最强烈。

谷崎润一郎也反对自然主义与"私小说",也不喜欢小说中充满了现实的流水账。不过他选择取代这种内容的,是非凡的奇情,是刻意不正常的女人、极度艳丽的情景,或激烈极端的情感、鬼魅的事件。他的小说中有着各种古怪、夸张的情节,推动小说,并且吸引读者的兴趣。

芥川龙之介看不惯这样的小说写法,他强调:小说中的故事是工具,不应该僭越成为目的。小说不是要让人被故事吸引,为了得到奇情故事所以读小说。小说是要进行艺术追求,揭露隐藏的、更深刻的人间情感交杂变化,因而不得不动用故事,让故事来帮助传达这没办法以其他方式呈现的讯息。

芥川龙之介的后期作品中,有一批采取了笔记的形式,而他自己视之为小说,那就是"无故事的小说",或"不以情节为主的小说"。他的寓言名作《河童》、自传性最强的作品《呆瓜的一生》都没有什么故事性,重点都不在情节上。

另外他喜欢从传统的文本中取材,改写像《今昔物语》或传奇笔记中收录的故事,也清楚表明了故事只是工具的立场。小说家不需要自己去创造故事,拿别人的故事、现成的故事,也可以制造出自己的小说世界,传达出原有故事不可能触及的深刻意念,给读者刺激,供读者玩味。

传统故事还有另外一项好处。故事的场景不在现实当下,可以让读者避开日常生活感应的固定模式,更纯粹地去体会、认知小说中要挖掘、分析的人性,不会被切身联想干扰。

虽然二十岁出头开始创作短篇小说，但他一起步就带着高度自觉，从来没有懵懵懂懂中写作的青涩阶段。

压抑与叛逆

芥川龙之介在一八九二年出生于江户（东京）的大川端入船町，一个很热闹时髦的城市地段。

西方势力进入日本，强迫江户接受外来事物，最早是从横滨开始，接下来一步一步迫近江户城，就在大川端出现了最早的"异人区"，也就是外国人出入甚至定居的地方。

芥川龙之介原姓新原，叫新原龙之介，因为他不只是辰年（龙年）出生，而且还是辰月（五月）五日辰时出生的，都是和龙有关的"第五"，理所当然该以"龙"字命名。他出生没多久，妈妈的精神状况出了严重问题，无法照顾他，于是由舅舅领养他，之后妈妈去世了，他也和爸爸断绝关系，所以不再姓新原而改姓芥川。

成长的环境中，他清楚感受到西方文明的冲击，对于西方文学潮流的领受甚至比曾经留学英国的夏目漱石都还要更加敏锐，也更加深厚，因为他居住在"异人区"附近，也因为他比夏目漱石更年轻，跨越了明治时期，进入了更形西化的"大正民主"时期。

大正十五年间，是日本历史上的特殊时刻，最有意识、最清醒、最饥渴地吸收着西方文明。不同于明治维新在制度面及衣食住行上引进西方事物、仿效西方，大正时期触动、改变的是日本的思想与价值观层面。个人主义、民主自由、艺术实验、现代焦虑等面向，都受到了强烈的冲击。西方文明最核心的成分——文学、哲学、思想、艺术大量注入日本社会，让这代成长、活跃的人明显地和前一辈很不一样。

芥川龙之介还有家世的影响。无论对新原家还是芥川家，他都没有归属感。在芥川家作为一个养子，还受到了很大的拘束，依照他自己无奈的回忆，在那个家中甚至不曾有过任何一次大声说话的经验，那已经内化成为他的卑屈习惯了。

从他的作品中，我们可以强烈感受到那种扑面而来的叛逆性，这种个性的人竟然在养父家中如此压抑，我们也就能够明白文学对他具备如何的发泄伸展意义，也能够明白在文学创作方面，他绝对不会要遵循既有的规范，而是热切地从外来的刺激中寻找自由。

短篇小说的形式很可能也是因为较少受拘束而得到芥川龙之介的青睐。二十三岁就能写出像《罗生门》这样的作品，显现他已充分掌握了文学书写上的减省浓缩技法。芥川龙之介对于经营有限的篇幅具备高度艺术自觉，意味着他非常清楚小说的内容和现实有什么样的差别，两者不能混淆，小说不能照搬现实，不是要记录现实的。

艺术的自觉另外的一面是艺术家的身份认同。艺术家不是一般人，甚至不是正常人。必须对于人生与世界有非一般、非正常的心态与眼光，才能创造艺术作品，才能成为一个艺术家。而拥有特异心态与眼光，不会都是幸福好事，更常带来的是痛苦付出的代价。

因此那份自觉里包括了一种为艺术而痛苦、为艺术而牺牲的领悟，这早早就是芥川龙之介的生命选择。从这个角度，我们才能了解他的经典杰作《地狱变》究竟在写什么。

与卡夫卡的异同之处

艺术真正要成就的，是揭露很多人自己都不知道，或混沌自欺压抑住的人性。那是一般正常人不敢承担、无能承担的部分，然而这部分仍然是人性，不会因为被忽略、被压抑就消失不存在。

芥川龙之介的小说会反复回到这个主题上。一种通俗常见的评论说："芥川龙之介的小说揭露了人性的恶。"这过度简化了芥川龙之介的成就。芥川龙之介作品中更深刻地传递出的讯息是"我们无力承担自己的真实人性"。

真实的人性没有那么容易、那么扁平、那么方便。真实的人性是立体的，也是多变的，像《罗生门》小说中显现的，从黄昏到天黑短短一段时间中，就能产生激烈摆荡的各种变化。而每一种变化，从失业的佣工到无奈的躲雨者，从悲哀预期自己会饿死，到义愤填膺冲出去要阻挡恶魔，到最后的狰狞盗贼，都是同一个人的人性。全部加在一起，才是人性的全幅。

全幅的人性中必然有很多我们想要逃躲却不见得躲得过的部分，一直藏在人格深处，随时有可能跳出来。

在日本社会中，芥川龙之介长期维持很高的地位，而且从来没有真正过时、被遗忘。一直到二十一世纪，日本文化界仍然有意识地要将芥川龙之介的作品推荐出去。他们认为芥川龙之介是日本近代作家中，最具世界性的一位。这是有道理的，相较于夏目漱石、谷崎润一郎，更不用说森鸥外、尾崎红叶、志贺直哉等人，芥川的作品翻译为外文，比较不会失真，比较能引起非日本读者的共鸣。

其他的日本近代作家都比较"日本"，意味着阅读他们的作品需要比较多的对于日本文化、日本社会特殊性质的基本理解，阅读芥川龙之介的作品相对不需要那么多的跨文化准备。

不过在向外译介芥川龙之介的作品时，有一种说法、一种策略却让我无法同意，那就是将他塑造、宣传为"日本的卡夫卡"。卡夫卡也以短篇作品为主，写了很多令人难忘的短篇小说，不过卡夫卡毕竟也写了《审判》和《城堡》两部长篇小说。更重要的，卡夫卡和芥川龙之介有着关键的差异，了解差异而不是混同相似，才能让我们看清楚这两位小说家。

芥川龙之介以高度的艺术家自觉创作，追求作品的高度完成。卡夫卡不是这样。从书信、日记种种资料看到的，是卡夫卡在主观上一直弄不清楚自己的作品是如何写出来的。如果他想清楚要写什么样的作品，恐怕就写不出如此神秘梦幻的小说了吧。

他的小说片段鲜明，却又和现实保持相当的距离，被看作一则一则的奇特寓言。从创作上看，他自己都不知道该如何处理这些内容，没有经过严整的安排，带给读者的毋宁说是强烈的暗示，像是一连串的神秘暗码，吸引我们动用自己的经验与感受，试图去解码。他不是出于艺术追求的动机写下这些作品的，而是出于真实的存在困扰与痛苦，那是他从内在深处不断闪现的灵光，或难题。他无法忽视，又无法解释，只能挣扎着写成文学作品。

中译本的问题

看待"经典"时，我们惯常认定的价值是：这些书籍、作品通过了时间的考验，到今天仍然存在着，证明其内在带有人性共同点——不受历史变化影响的内容。因此我们便会习惯在经典作品中去寻找、去凸显那些人性共同点的部分，也就是采取一种将经典"熟悉化"的阅读方式。

不过我会特别提醒，甚至警告这种读法有其风险——很容易将经典扁平化了。经典所产生的时代、社会特殊性被忽略了，剥掉了这些让每一本书内容相异取得其个性的部分，只汲取各部经典相似的部分，那么读再多本经典，不都只重复接收着同样的讯息？

面对经典，我们有时还是应该试着从相反方向来看，去注意经典记录不同时代、不同环境而增加了文本的厚度，增加了书籍内容的价值。

我曾经用几年的时间，和趋势教育基金会合作，在教育电台的《文学四季》节目中系统地整理、介绍一九四九年之后台湾的长篇小说作品。我这一代在成长时，因为二十世纪七十年代报纸副刊大爆发的关系，短篇小说最受到注目，也获得了最高的成就与影响力。在我自己的台湾文学养成中，我每天追读各家副刊上刊登的短篇小说，读了很多，相对地忽略了长篇小说。

因此抱持着"补课"的心情，我重新寻找、阅读那段时间的长篇小说作品，有系统地读下来，得到了我觉得值得和听众、读者分享的收获。年少、年轻时，我没有觉得台湾的长篇小说有很高的成就与地位。一些当时有名或流行的长篇作品我也读过，并没有留下深刻的印象。但是几十年后重读，经过了时代变迁，因为社会环境、背景完全改变了，读出了特殊的感动。

时代变迁中，至少会有两项因素明显地影响我们如何阅读、领受这些作品，包括其内容及其呈现的方式：

第一，同时代的人写同时代的事物，大部分的描述我们都会快速一眼看过去，因为那就是我们自己所处的环境，马上能够产生准确的联想，不需要多费工夫。然而阅读这些过去时代的小说，里面有些原本不重要，甚至是作者不经意提及的细节，这时候会跳出来，吸引注意。因为那是逝去了的生活，和今天不一样，会刺激出怀旧的心情。

第二，随着时间的流逝，那个时代的评价系统也远离消失了。跨越漫长的时间，回头读这些作品，我们很难去判断哪些是作者原创的，哪些是当时普遍流行的。在那个时代，众多作品并陈，必然会分出一流、二流、三流的等级，并且有一流之所以一流的道理，也就是其中有二流、三流作家写不出来的部分。

但现在只剩下少数一流作品留下来，失去了众多二流、三流作品的陪衬对照，我们很难再精确分辨出什么才是这位作者最特殊的写作手法。里面有些对白，有些情节推演的方式，有些情感放置情境的安排，在当时可能都是成套的习惯写法，大家都那样写。那样的习惯现在没有了，于是当时读来觉得俗滥老套的内容，我们今天却觉得陌生、新鲜，因而读得兴味盎然。

所以如果要更认真分析经典的价值，非得将经典放回其产生的时代，认识是在什么环境中产生了这部作品，才不至于错估了作品真正的突破、原创成分，恰如其分地认知、敬佩作者的贡献。

芥川龙之介经常挪用古老的传奇故事来写小说。为此他创造出很不一样的语言文字运用方式，在翻译中造成了特殊的困扰。芥川龙之介的作品很早就译介到中文世界，他的"名篇"，像是《鼻子》《山药粥》《枯野抄》《地狱变》《罗生门》《竹林中》等都被译过很多次，有很多译本，因而这几篇的中文翻译不太可能会出错，也提供了很好的机会，让不懂日文的读者可以搜集不同的译本对照来读，不同译者独特的中文用字、语法习惯，彼此对照抵销，比较能让人还原体会芥川龙之介原文的风格。

唯一特别要提醒的，是芥川龙之介取材于古代故事的小说，通常会区分叙述和对话两种不同语法。叙述的语法比较现代，但写到对话时，有时会刻意重现古时说话的方式，不采取现代日语的说法。

在中文翻译上经常见到的做法，是想当然地遇到了古日语，就译成文言文或文白夹杂。这实在是很糟糕的选择，显现了译者对日文和中文都缺乏历史性的了解、掌握。中文里的文言文是一种书面上的文字，最大的特色就是和"语言"区隔开来，主要是存在于书写中的，说得更明白些，也就是不管哪个时代都从来没有人那样说话。而芥川龙之介放入对话中的古语，却是为重现和现代人不一样的古人说话的方法与口气，让读者一方面离开了现代的情境想象，得到异质的感受，另一方面又有了和角色拉近距离的临场感。

将这样生动的古语翻译为文言，那就严重违背作者的本意了。还不如译者不去管芥川龙之介想要如何创造"古意"，直接将对话译为现代口语中文，如果更讲究一点，那应该动用中国传统章回小说里的那种带些粗野的说话方式，比较能接近芥川龙之介所设计的效果。如果译者将这种对话译成文言文，请一定要知道那和芥川龙之介的本文有太大的差距了。

小说的虚构性与现代性

芥川龙之介在作品中不只是取材古本文献，还将人物放进历史环境、背景中去推演情节，在故事中虚构人物、情节、对话，甚至进一步虚构文献，创造其实并不存在的史书，这正是他作品中重要的"现代性"所在。

这是对于小说虚构性的突破、拓展，在西方对小说与虚构关系进行理论探讨——讨论小说该如何虚构、可以容许或不能容许什么样的虚构、虚构是否有其界限等种种问题之前，芥川龙之介已经用很自然的笔法写出了这些具备高度实验性的作品。刺激他朝这个方向实验开创的动机是什么？

他显然很了解，也很在意如此虚构产生的阅读效果。借由不同于现实的异质环境，在和我们很不一样的时代、社会里，降低我们对于这些人身上发生的事，和他们所遭遇的种种可能会有的防卫、抗拒心理。

我们不能将芥川龙之介的这些作品视为"历史小说",他的重点不是将我们带到特定的历史时空去了解那段历史中的人与事。他创造的效果是借由异质时空避开我们必然会有的直觉评断与怀疑。对于同时代的人写的同时代的事,我们无可避免,一定会有对于内容是否符合我们的经验,是否可信、合理的评断。放在我们熟悉的环境背景中,只要所描述的事情或感受稍微离开、溢出一般认定的"正常"范围,读者心中就自然会出现抗拒,一个潜在的声音会不由自主地问:"这怎么可能?这怎么可能?"

防卫与疑惑减损了作品的力量。而如果将叙述的内容搬到读者不熟悉,甚至从来不知道的一个社会,阅读中失去了对于那个环境人与人互动关系中什么可能、什么不可能的前提假设,作者就取得了一份自由,能够在作品中放入更广泛的行为与心理,探索更多样的人性表现。

那是在不自觉层面运作的阅读心理。将背景放在古远的平安时代,立即你就失去了判别方位与界限的坐标。你不会认为自己知道在那个时代人应该如何行为,什么是可能的、什么是不可能的。

芥川龙之介喜欢写这样的小说,降低读者的防卫,让读者暂时搁置判断,让小说中的人物与情节得到更大的开展空间,能够有比我们自己这个社会中认定的"正常"更激烈、更极端的行为、思想或感受。

因为被放置在陌生的环境里，在没有启动防卫机制的情况下，读者将小说内容读进去了，认知其为人的行为。这很像尼采一本著作的书名《瞧，这个人》，那里面有一种挑衅的姿态：要你看啊！这里有一个人如此活着、如此思考、如此相信，是你们之前没有认识过，甚至没有想象过的一个人！而他是人，是不折不扣的人，你们无法否定，于是在注目凝视这个人时，我们被迫扩大了对人的理解、对人的想象，乃至于对人的好奇。

芥川龙之介小说的底蕴中有这么一份姿态，暗藏挑衅。常刻画离经叛道的人或行为，会立即引发读者的反感抗拒，拒绝进入这个人或这些人的故事里，所以芥川龙之介习惯将故事搬到不同时代里去，而且他的手法运用得极度纯熟，读者在阅读过程中得到的是微微、可以忍受的刺激，心里想："啊，怎么会有这种人？"继而心情便成了："啊，竟然有这种人！"

从怀疑到惊叹，最后再到带点消遣地体会、承认："啊，是有这种人。"在这一过程中，扩大了对于人的行为的认知范围。

借由一篇篇这种小说，芥川龙之介探索、扩大了人的行为可能性的边界。如此呼应了他自己所生活的社会：在那个社会里，旧有传统对于人的定义，什么是人、人如何行为、人怎么活着，固定的答案在明治维新中纷纷瓦解，现实快速改变。芥川龙之介传递了一项明确的讯息："人比原来你以为的任何定义或许都更多样、更复杂些。"

从《鼻子》中看见的人性

芥川龙之介最常被读的短篇名作之一，是《鼻子》。这篇小说逼着读者去思考其实不那么让人舒服、一般正常状况下不会愿意思考的问题——我们为什么歧视别人？歧视的心理、态度是怎么来的？

小说呈现了一个很简单，却也很残酷的通则：如果有人比你倒霉，你就会觉得自己有资格歧视他，而且往往就自然地生出了歧视之感。一个人因为身上多了不好的东西而和你不一样，例如有臭味或有脓肿，你就会自然轻视他，觉得可以歧视他。

我们将很多行为、动作视为理所当然，那是我们正常状况下可以轻易完成的，于是就把这些行为、动作当作天经地义的标准，用来评判、瞧不起那些未曾拥有它们的人。

小说《鼻子》一开始呈现的是连吃个粥都必须大费周章的情景，要用板子将长长的鼻子挑开来才能吃到东西，我们觉得好笑，也完全认同小说里别人觉得"他好惨啊"，更进一步认同他当然要想办法让自己的鼻子变得"正常"。

芥川龙之介引我们去看：啊，这个人，竟然有这样的人，我们惊讶、我们同情，自然认为他的鼻子最好可以变短、变得和大家都一样。然而"挑衅"之处在于，他的鼻子真的变短了，他身上失去了原本被歧视的原因，那会发生什么事？既然歧视的原因消失了，当然他就不会再被歧视了，不是吗？

但事情真的会按照我们这样的预期发生吗？芥川龙之介写了一则寓言，放到古代的一座庙里上演，为了告诉我们：如果你认为鼻子变短了，他就不会再被嘲笑歧视，那表示你对"人"，包括你自己在内的"人"的现象认识不够。

他的长鼻子不见了，不再会有各种不方便，对于那些习惯嘲笑他的人，他们看到的却不是他就和大家一样正常了，而是他现在连长鼻子都没有了，显得更荒唐、更好笑！

这是什么样的心理啊？芥川龙之介明确地在这里摆放了一根刺，他说：

> 人心存在着两种互相矛盾的感情。当然人皆有恻隐之心，对旁人的不幸总会寄予同情，在当事人设法摆脱不幸之后，却又心有不甘，不知怎么觉得怅然若失。说得夸张点，甚至会希望那个人再度陷入以往的不幸。于是乎，态度虽然消极，却在不知不觉间，对那个人怀起敌意来。

人多么复杂啊！看到畸形的大鼻子会产生嘲弄歧视，但同时还会有一份同情限制着歧视。等到这个人的畸形消失了，原有的同情没有了着落之处，让原本既同情又歧视他的人感觉若有所失。于是油然而生的，不是接纳他为平等的"正常人"、一般人，而是负面的敌意，格外无法忍受改变之后的他。

这样的讯息，如果放在现实环境中，光是看到描述一个人鼻子长到那么长，长到吃饭的时候要把鼻子抬着，很多人就会认为"太荒唐了"而不愿再读下去，就算读了也会对于小说产生一种防卫的距离。这就是为什么芥川龙之介要将场景设定在远古时代的寺庙，读者接受了那种陌生环境里可能产生的种种光怪陆离，接受了小说中的鼻子设定，随着投射想象力去体会这样一个人和其周遭旁人的心理反应，于是他要传递的对人性的尖锐揭露和批判讯息就进入了读者的意识中，产生了刺激效果。

简单的故事，复杂的人心曲折

在《鼻子》这篇小说中，芥川龙之介两次提到了"利己主义"，于是有中文译本的"解说"就理所当然地总结：这篇小说揭露了人的利己主义。这是典型有害无益的"解说""导读"方式。我自己当下正在做的，也是"解说""导读"，我当然不能自打嘴巴说这种工作没有意义，但我还是必须坚持"解说""导读"的责任。太多"解说"实际上只是用粗暴的方式将作品"摘要"，提供一个解说者主观选择的简化版本。更糟的是，用三言两语浓缩作品所传递的讯息，对我来说，这绝对不是对于文学作品对的、好的"解说"与"导读"方式。

"摘要"将文本变简单，"解说""导读"却应该提示作品中复杂的部分，挖掘出读者可能忽略了的深层的、隐藏的讯息。论述清楚的学术论文，可以有、需要有帮助读者节省阅读时间的"摘要"，文学作品却不需要。一部长篇小说必须有其写那么长的道理，才能成为合格的文学杰作，而我们阅读文学正是因为人生中有太多无法以简单抽象语言交代的经验、思想与感受，那既是生活的现实，也是能让生活变得丰富有意义的泉源。文学帮助我们活得复杂、活得丰富，那么文学的"解说""导读"的作用就应该是抗拒简化，非但不能将作品讲得简单，相反应该让读者理解作品比他自己阅读时以为的要复杂、丰富得多。

小说《鼻子》表现了人的利己主义。这种句子很像考卷上的填空题或简答题答案。如果老是用这种教育系统，将所有课文都用要考试、要有简单标准答案的方式阅读，就永远进不了文学的世界，不可能真正体会文学的价值，无法从文学中得到人生的丰富滋养，更不用说能享受文学带来的刺激与领悟了。

芥川龙之介小说中的故事是简单的，然而承载的心理反应却是复杂的。例如《山药粥》写的不过就是利仁请五品去吃山药粥的故事，然而特别之处在于牵涉了期待与实现间的对应关系，于是到最后，我们被引领去体会、思考这一吊诡：梦想或期待实现了，不见得都是好事啊！在不对的情境中，梦想实现甚至可以是灾难一场。

说到"梦想实现"时，你心中会浮现什么情景、生出什么感觉？一定不会是芥川龙之介在《山药粥》中所写的那样。小说前头他花了很大篇幅铺陈形容五品这个人，他多么卑微、胆小，生命中的梦想也同样卑微、胆小。他的梦想不过是：如果可以吃山药粥吃到饱，该有多好啊！

有那么一天，利仁让他实现了梦想，带他到很远的地方，在那里有堆积如山的山药，被大方、豪迈地放进大锅子里。于是他放量大吃，却根本还没吃到饱，就受不了、吃不下了。

依照我们平常对于人性的简单认识，利仁是好心，特别安排帮五品实现梦想的。你有梦想吧，如果出现了一个刻意来为你实现那梦想的人，你会觉得他是个坏人？

卑微、胆小的五品太常被戏弄了，以至于他不敢相信利仁真的要帮他实现梦想。去吃山药粥的路程又极其遥远，好像怎么走都走不到，更是使得他不确定利仁是否真的要让他去吃山药粥，不敢相信自己吃得到。甚至我们阅读时都产生了怀疑，预期应该有什么坏事或祸事在等着五品吧！

但没有啊，过了一夜，第二天一早，利仁动用了那么多用人，就是为了要煮一大锅山药粥给五品吃。实际上，这里有几天几夜都吃不完的山药粥，一直想要吃山药粥吃到饱的五品，却在这个情境中，在还没有吃饱、没有到达梦想过千百次的满足程度时，已经吃不下了。

突如其来的转折，你能理解吗？你会认为很奇怪、很难接受吗？不会吧。绝大部分的读者读到这里都理解、都接受了，甚至也都明白了，利仁应该不是出于善意，而是不怀好意去做这件事的。等着五品的，确实是一桩祸事，他确实被作弄了，然而利仁作弄他的方式和我们原本以为的很不一样；作弄产生的效果，也比我们原先以为的更糟糕。

如果他让五品历尽艰辛却没有吃到山药粥，或吃到不对的、难吃的山药粥，或在某种令人讨厌的环境里吃山药粥，在这些我们想得到的恶作剧情境中，五品会失望、会痛苦，但他会仍然保持着对于山药粥的梦想。利仁最可恶的地方，是彻底毁灭了五品的梦想。他甚至无法在堆积如山的山药围绕下吃山药粥吃到饱，那份以山药粥为至高享受的期待已经彻底被破坏了。

《山药粥》里用善意包装的恶意

叔本华悲观地主张：人活着只能是永恒地痛苦，因为人会一直有欲望。欲望有三种状态：第一种是欲而求不得，想要却得不到，那当然是痛苦，对你愈重要愈想要的，得不到带来的痛苦就愈深愈强烈。

第二种状况是所欲的对象得到了，却发现和原来欲求时想象的很不一样。欲望引导你产生幻想，在自己的期待中填充了所欲对象的内容，然而那来自你的主观，不见得符合客观事实，于是欲望实现的瞬间，同时也就是主观幻想被打破带来幻灭失望的瞬间，因而那也是苦。而且这是双重的苦，不只是没有得到欲望的对象，甚至连原本主观幻想里建构的那个对象及其带来的希望，也一并消失不见了。

还有第三种状况是欲望得到满足，预期、想象成为事实。这应该是乐，按理说就摆脱痛苦了吧？不，因为时间不会停留在欲望满足的片刻，时间继续往前走，人继续活着，于是每一分钟、每一小时，你所得到的满足持续消退、贬值。这也是双重的痛苦。在沙漠里几乎渴死的苦难中好不容易喝到了一大口水，那样地满足、欣喜，然而第二口、第三口不可能一直带来同等的满足。还有，等你喝够了水，不再口渴了，喝第一口水时那种程度的满足、欣喜也消失不见了，再也找不到、再也回不来了。于是这时候，其他的欲望取代了喝水，占据了你的感官，又将你投入第一种状态去受苦了。

叔本华有其哲学立场，为了建立他的哲学系统（世界是由意志与表象所构成的），将这种悲观图像形容得如此极端。真实人生中，幸好我们不会看得如此"透彻"，仍然靠着预期、追求而能够安排自己的生活。然而在《山药粥》这篇小说里，芥川龙之介敏锐地点出了人在精神上赖以维生的预期、追求一旦被抽掉时所带来的吊诡痛苦。具体来说，对于五品，利仁是给予，费心费力让五品能吃一顿梦想中的山药粥餐，五品得到了，但为什么五品却是痛苦的？更重要的，作为读者，为什么我们不只完全理解五品的痛苦，我们甚至能立即体会并相信，利仁这样做绝对不是出于善意好心?

因为潜藏在外表具体经验之下，我们了解五品的损失，我们能够感同身受他的巨大损失。于是五品就不再是特定日本封建武士结构中最胆小、最不成材的一个人，他和我们之间有了紧密的联结。我们都有自己心理、精神上的"山药粥"，只是不见得清楚那是什么，以及那样一份梦想、预期到底有多大的作用。如果有一天梦想、预期也突然被毁掉了，你会有多么痛的领悟，才知道了自己的生存基础在哪里，它有多脆弱。

利仁的恶意表现在故意延宕五品的行程上，让他一路担心这次又还是吃不到山药粥，也表现为故意显示五品赖以生存的梦想、期待，相较于利仁自己的资源，有多么渺小。满足五品的梦想、期待，只需要一锅山药粥，他却准备了堆积如山的山药。物以稀为贵，反过来，堆积如山的山药，别说饱餐一顿，就是要连续饱餐一个月都够了，原本珍稀的性质彻底被毁灭了。

小说还动用了"怪谈"的自由，让狐狸出现，乖乖听利仁使唤去送信。在这样一个人眼中，一锅山药粥算什么啊! 强调凸显两人之间的天壤之别，实质上等于是剥夺了已经很卑微、很可怜的五品那一点点活着的乐趣。这多么残酷，而且利仁完全没有必要做这样的事，只能是出于最纯粹的恶意。

从表面上看，利仁做了一件好事，帮助五品实现梦想，然而整件事内在却透露了超越恶作剧的更深层的恶，他重重伤害无助的五品，只为了满足自己的优越感与嘲弄之乐。

无解的《疑惑》

什么是现代或现代性？芥川龙之介作品中反映的现代性就在于要超越传统上简单的善恶分别，刺激读者打破固定善恶观念，看到更复杂、更暧昧的善恶交杂，或善恶表里矛盾。

芥川龙之介写过一篇小说《疑惑》，直接指向伦理学问题。小说中的叙述者"我"接到了外地的邀请，去进行一系列的实践伦理学讲座。他不只是教伦理学的，还是伦理学实践者——探讨如何在现实中形成伦理学判断，依循伦理学做人做事。

这个人对于自己的知识与立场很认真，所以他事先言明，绝对不要欢迎会，也不要住豪华旅馆，他要忠于自己的学说，过诚实的生活，不要那种吹捧、炫耀的外表。

于是对方帮他安排住在郊外的一座大房子里。住了一阵子，课快上完了，有一天晚上在房子里出现了一个幽灵般的人，进到他屋里找他，表示有问题要请教。他要对方到课堂上问，对方却坚持一定要在此时此处问。

这个人的问题源自距当时在将近二十年前，发生在一八九一年的浓尾大地震。大地震之前他娶了妻，在学校当教员，妻子是学校校长的养女，所以婚姻是校长好意替他安排的。地震来袭，房子瞬间塌下来，他自己受了伤，妻子则被一根大木梁压住了。妻子动弹不得只能叫他，他努力想办法要去救，但无法移动那沉重的梁木。慌乱中他察觉到大火烧起的浓烟吹过来了，妻子仍然脱不了身，突然他心中产生了强烈冲动，大叫一声："要死就一起死！"拿起瓦片重重敲妻子的头，将妻子先打死了。

然而他自己却没有死在预期会烧过来的大火中。他活了下来，妻子之死成为他心中的秘密。他记得自己当时的心情，也觉得如果将这件事说出去，别人应该可以了解。他当时想的是与其让妻子被大火活活烧死，不如先让她解脱，不用受那样的痛苦。而且他深信自己也活不了，宁可接受火烧的折磨。

但是他却无论如何都说不出口，不能对任何人说明这件事。他变得很消沉，于是身边的亲友们好意帮他安排，鼓励他再婚，找了一个对象。再婚前，他进到书店翻开一本书，在里面看到了当时浓尾大地震的照片。其中一张竟然就出现了妻子被压在木梁下的画面！

受到震撼，从书店出来后，他突然明白了自己为什么无法说出那个秘密，应该是他心里其实有杀害妻子的动念，所以才做了那样的事。接着他向伦理学教授告白了他和妻子之间的故事。

他太太身体有问题。什么问题呢？小说中显示："以下删去八十二行。"这是很简洁有效的表示法，当时的读者立即就明了了那是关于性方面的内容，太露骨了所以不能放进正式的出版品中。同时也就能够体会，讲这个故事的人濒临疯狂，才会对一个素昧平生、顶多只是听他讲过几堂课的伦理学教授，倾吐出露骨到不适合刊印的私事。

妻子身体的问题显然让他无法得到性方面的满足，累积了他的怨恨，然后还有另一项因素加深了他的"疑惑"。他听到同事之间谈论地震，说到了他们认识的一个老板娘也是先被压在木梁底下动弹不得，后来在火烧高温中，木头改变了形状，她险险得以逃出。

所以他要问伦理学教授："我是一个杀人犯吗？"

小说的重点，在于铺陈了一个连伦理学教授都无法解开的"疑惑"。注意，芥川龙之介特别安排了从伦理学，而非从法律的角度来呈现这个"疑惑"。伦理与法律不同之处，就在于前者不是单纯从外表行为来判断善恶。甚至应该说，就是有了伦理上的考虑，才使得法律都要考虑动机，对于相同的罪行，依照不同的动机给予不同程度的惩罚。

然而小说中真正的难解疑惑在于：连当事人都不清楚自己的动机是什么。行为是看得见的，是固定的，但动机呢？谁能够知道、能够判断、能够决定驱策行为的动机是什么？一辈子研究"实践伦理学"的学者有办法吗？心理学家或侦探、法官呢？

作为当事人、行为者，多少时候我们能清楚意识到自己的动机，并且对于自认为的动机有充分的把握？我们每天都在做多少动机不明的事？还有，我们自认为出于善意动机的事，真的经得起更进一步的追究探索吗？

人的行为与动机的关系有这么简单吗？一个人从外地来教实践伦理学，但他真的能够知道什么是善、什么是恶吗？如果折磨当事人最深切的痛苦，就是他弄不清楚自己在地震中那么重大的行为，动机是出于善或恶，那么伦理学，尤其是实践伦理学，如何找到可以着力的基础？身为实践伦理学专家，大老远去讲授实践伦理学，这件事岂不成了反讽？

真实的人生，比许多管辖人、描述人的原则与现象都要复杂。这样的复杂性一般在日常生活中不会显现出来——一般当我们描述人的时候，我们用的就是简化的原则与观念。所以才需要小说，由小说创造了极端的情境，将人们所逃避、惯常逃离的复杂性戏剧化之后再做呈现。

《袈裟与盛远》中看不透的人心思绪

芥川龙之介有一篇小说，标题叫《邪宗门》，创作时间和他的名作《地狱变》几乎重叠，而且内容也显然和《地狱变》密切关联。《邪宗门》的主角就是《地狱变》里主人的儿子，是《地狱变》的续篇，然而这篇小说连载到一半就停了，芥川龙之介没有写完。小说中描述一个有法术的基督教传教士来到京都，几乎胜过了所有的人，关键时刻，主角出现说了一句话，小说就戛然而止了。我们只能知道，对于已经非常复杂的《地狱变》，芥川龙之介都认为还有没说完的，要放在续篇中呈现。

还有一篇《袈裟与盛远》，这是两个人名。小说分成两部分，是两段独白。前面是盛远的独白，陈述他和袈裟之间的关系。盛远很年轻时就迷恋上了袈裟，却追求不到这位少女，经过了三年，他又和袈裟重逢了。他有一个清楚的念头，他要去杀人，杀袈裟的丈夫。

他回忆当年自己还是童子身，在还完全不理解和女人间的情欲关系时，产生了对袈裟最强烈的迷恋。重逢时，袈裟已经结婚了，但他还是去勾引袈裟，和她幽会。此时的盛远，已经不是那个纯真的少年了，他惊讶地发现袈裟在三年中老了这么多，而且也变丑了。

一部分是因为他经历过女人，对女人多了认识，不可能再以天真、幼稚的眼光对袈裟或其他女人产生当年的那种惊艳感了。重逢时袈裟在盛远面前表现出了对于丈夫的情感，盛远觉得她说的不是真话。要如何证明袈裟说谎？最好的方式就是去勾引她，让她背叛丈夫。

和袈裟幽会成奸，得手之后，盛远非但没有因而恢复对袈裟的迷恋，反而是原本残存的一点点爱都消散不再了。然而过程中发生了一件奇怪的事，他反复在袈裟耳边低语："你不是想杀他吗？你不是想杀他吗？"说了太多次了，终于袈裟含着泪回头看着他，答应了这件事，让盛远去杀她自己的丈夫。

盛远的独白发生在一个荒谬的时刻。他正准备为一个自己并不爱的女人，去杀一个他完全不恨的男人。从正常人的角度看，这是一件莫名其妙的事。盛远的动机到底是什么？

这来自他对袈裟强烈的轻蔑，他无法抵抗内在这份最强烈的诱惑。他一直想证明袭裟比当下他所看到的更坏更卑劣。一再地说："你不是想杀他吗？"就是要证明这个女人卑劣到了要杀自己的丈夫。

而当袭裟含泪答应，要他去杀丈夫时，她的眼神在盛远心中激发了完全不同的反应。瞬间他觉得害怕，这个女人真的坏到了这种程度，如果自己没有依照承诺去杀她丈夫的话，那么她可能做得出任何事来惩罚、来报复，想到这里他胆战了，不敢不去执行这项荒唐的杀人任务。

夜已降临，他非得为了这个让他轻蔑、他完全不爱的女人，去杀一个和他完全不相干，也从来不曾真正让他嫉妒，更没有道理让他仇恨的男人。

这才是前半部而已，就已经有多少千回百转的人性动机纠结了！还有后半部，换了叙述视角，那是袭裟的独白。同样的时刻，袭裟在等着盛远。从盛远的独白，我们以为盛远看不起袭裟，袭裟却爱上了他，以至于愿意为了和他在一起而谋杀亲夫；但袭裟的经验与感受，并不是这样。

分别三年之后重逢时，其实袭裟就感受到了盛远的惊讶，体会到在这个过去曾经迷恋她的男人眼中，自己变得如何丑陋。接受盛远的勾引，一方面是因为无法忍受盛远用这种眼光看她，想要证明自己还有魅力；另一方面又是因为自己的孤单，孤单到可怕的地步而愿意做这样的事。

她一直都知道来诱惑她的这个男人并不爱她。她也在痛苦中。当盛远在她耳边低声说："你不是想杀他吗？"那一刻，她感到云雾似乎终于散开，见到了月光。那是她的出路啊，此刻她假扮成自己的丈夫，等着让盛远来杀她。

而且她反复思考，得以对自己交代：在人生当中，只有这么一件事——选择死亡是自己决定的，是纯粹为自己而做的。

善与恶的思辨

两段不长的独白显现出芥川龙之介对一般人情从来不人云亦云，从来不视之为理所当然。爱情有太多变貌，有太多内外交杂的矛盾，什么是欲望？人真正可欲的是什么？男人爱上女人这么一件事都有千千百百种不同的可能性，在如此复杂的情况下，所谓的"奸情"到底指什么？能有什么实质、明确的内容吗？

刚刚提到《疑惑》那篇小说中出现的提问者像幽灵般，如果换从西方小说的角度看，也很像魔鬼上场的情景。西方的魔鬼和东方的鬼很不一样。那是撒旦，终极的邪恶力量化身、上帝的死对头，会故意引诱、试验、作弄人，重点不在吓人或害人，而是为了向上帝示威抗议。

芥川龙之介和夏目漱石、谷崎润一郎都不一样的一项特质，是他对基督教的深刻好奇与理解。他不是教徒，但他的笔下经常出现和基督教有关的内容，尤其是牵涉基督教当中魔鬼与上帝的暧昧辩证。

基督教不只是一神教，而且主张天地间一切都是上帝创造的，上帝无所不在、无所不知、无所不能，那么"恶"要从哪里来？为什么由上帝创造的世界里会有"恶"，而不是完美纯善的？"恶"之中，也有无所不在的上帝吗？

这是基督教义中最麻烦的部分。其他宗教一般诉诸善神与恶神、光明神与黑暗神的二分法来解释世间的善恶冲突，将时间与空间视为一个持久、恒常、必然的二元斗争场域。

在这方面，基督教是少见的特例，坚持一神信仰，制造了思想内部高度的紧张。不能说是因为上帝疏忽了所以没看到"恶"的诞生，或无意间制造了"恶"，因为上帝是全知的；不能说"恶"是从外面来的侵略恶势力，因为上帝是全能的，没有任何东西在上帝统辖范围之外。魔鬼不能是外在的，魔鬼也必须来自上帝，由上帝创造，却变质、堕落为恶。

这种日本文化中没有、不会有的纠结，深化、复杂化了芥川龙之介对人性的看法。像《袈裟与盛远》这篇小说，光标题都藏着特殊的意涵。小说明明是先呈现盛远的独白，后面才是袈裟的，但标题故意倒反过来，袈裟在前，盛远反而在后。先读盛远的独白，我们以为做了决定的是盛远，后来才明白根本不是那样，真正的决定者、操控者其实是袈裟，所以袈裟才应该在前。

人性的善与恶要如何分辨？有可能分开吗？袈裟一度以为，自己的决定是出于向丈夫赎罪，但后来她相信了那不是，纯粹是为了自己而这么做的。善与恶难以截然区别，成为芥川龙之介小说中重要的特征、印记，在这方面，他有着那个时代日本作家中最高度的自觉与洞见。一直要到大江健三郎出现，才在这方面赶上了芥川龙之介当时作品所达到的高度。

《文友旧事》评谷崎润一郎

芥川龙之介写过一篇《文友旧事》，回忆自己和大学同学两度复刊《新思潮》杂志时的种种活动。其中有一段回想他和成濑、久米去帝国剧场听爱乐者音乐会，中场休息时：

> 我们三个人一起到二楼的吸烟室，看到入口处站着一个人，他身穿黑西装，内衬红坎肩，个子不高，跟一个穿和服大礼服的同伴也正在吸烟。其中一个同学久米看到这个人就凑到我们的耳边说，那是谷崎润一郎啊。我和成濑走到那人面前偷偷瞄了一眼这位有名的耽美主义[1]作家的面孔，那是一副由动物性的嘴唇和精神性的眼睛互为张力的、

1　"耽美"一词诞生于日本，指"沉溺于美好的事物"。耽美主义在二十世纪三四十年代流行于日本文坛，被视为浪漫主义的分支。

充满特色的面孔。我们坐在吸烟室的长凳上，分享一盒香烟，并议论了一会儿谷崎润一郎。当年谷崎在他所开拓的妖气十足的耽美主义田野中，培育了诸如《杀死阿艳》《神童》《阿才与巳之介》等名副其实的、阴惨惨的"恶之花"。

他引用了波德莱尔的诗集名《恶之花》，形容谷崎润一郎小说所创造的世界，在其中恶与恶德、恶行嚣张跋扈，各种畸形的欲望释放中，迸发出奇特的华丽之美。芥川龙之介认为"这种花猫似的色彩斑斓的美丽恶花，散放着与我所倾慕的爱伦·坡和波德莱尔同样的庄严而腐败的香气"。

他欣赏的，是谷崎润一郎和爱伦·坡、波德莱尔相似的部分，然而却又敏锐地点出了谷崎润一郎和他们之间的必然差别：

爱伦·坡和波德莱尔病态的耽美主义在背景上有着可怕的冷酷心态。由于他们具有小鹅卵石般的心灵，所以不得不违心地抛却道德与神灵，且不得不违心地抛弃爱情。他们深陷于颓废的、古朽的泥潭，即便如此，仍然不得不直接与难以收拾局面的心和五鬼破船漂泊于可怕的无垠大海的海面来战斗。因此他们的耽美主义就是从遭到这样的一种心态威胁的灵魂深处，飞出的一群妖恶。

爱伦·坡与波德莱尔写作的风格，乃是出于一份不得已，而不是自我选择的。他们感受到荒芜、荒凉的情境，原先可以依恃的一切在现代环境中都因毁坏而消失了，他们不得不拿出那样一种现代性的勇气，找出方法来让艺术、让美还能继续存在。

因此在他们的作品中，总有"啊！上帝赐予我勇气与力量吧，请勿彻底放弃我们的家园和我们的身体"的呼唤，一种穷途末路的叹息声好像和自己的内脏纠缠着。我们感受到他们那种耽美主义的严肃性，而有了一种感激之情，因为被迫看见了那种地狱中的彷徨、心灵的苦闷。

对比之下，谷崎润一郎的耽美主义没有那份执着的苦闷，却有过多的享乐。"他凭借着搜寻金山般的热情，在罪恶夜光中从闪烁的海面悠然驾船行进。"芥川龙之介如此点出了谷崎润一郎的矛盾。

人家的《恶之花》表现的是在恶的包围下，不愿放弃希望，如此而逼激出勇气，去找寻仅存的美，来证明人还仍然存在，证明人没有完全被这样的环境征服。然而谷崎润一郎却是在作品中享受这种恶——"一种不堪宝石重负的肥胖苏丹的病态倾向"。

> 他看到了生命当中所有的败德跟黑暗，所以逼着去在败德和黑暗当中开出花来。他身边有太多美好华丽的东西，他不耐烦，所以他就去享受、去挖掘相对比较黑暗的像在泥沼里面的东西……最近有人指出谷崎憎恨过分的健康，其实就是这种充满活力的病态倾向；无论如何充满活力，只要

肥胖症患者得以存在，他的耽美主义就无疑仍然是病态的。

像波德莱尔的《恶之花》，那种作品是挣扎中产生的，然而谷崎润一郎的华美恶德却是优游享受出来的。我大体同意芥川龙之介这部分的评论意见，因而对于谷崎润一郎早期的作品，并不是那么欣赏与推荐。

不过芥川龙之介也肯定了谷崎润一郎另一方面的独特本领：

> 他那口若悬河的雄辩，他筛选出所有日语词汇和汉语词汇，将所有感觉上的美或丑镶嵌螺钿般地点缀在他各种不同的作品当中，像浮雕画一样，自始至终以朗朗节奏巧妙地贯穿其间。如今读他的作品，比起一字一句的意涵，我更会从那流畅无阻的文章节奏当中，得到生理上的快感。

善恶共生的《烟草与魔鬼》

芥川龙之介对谷崎润一郎的批评意见，凸显了他自己的特色，那源自西方基督教神学中始终无法解决的善恶纠缠、善恶同源，甚至善恶共性的问题。他写过好几篇以基督教为题材，直接呈现魔鬼的小说。

其中一篇《鲁西埃尔》，原来的标题是用外来语写的，那就是魔鬼的名字。这篇小说的主体，是芥川龙之介虚构的一份历史文件。

小说中说在元和六年，公元一六二〇年，加贺的一位禅僧——他是个外国人，名叫巴比尔，写了一本书，书名是《破神论》。这部分在历史上确有记录，巴比尔可能是一位从意大利去到日本的传教士，后来却放弃了基督教改信佛教，变成了寺庙里的禅师。

然而芥川龙之介接着在小说中虚构这本《破神论》流传了几个不同的版本，表示他见过一个和通行版本很不一样的，最不一样的地方是在书中第三段出现了魔鬼。这段说到上帝创造了"安助"——Angel（天使），"安助"因为犯错而变成了魔鬼。

那本书中的叙述者抬头看，看到一个形似传教士的人影，微风般飘至他面前，问他："你知道我是谁吗？""我"打量了一下，确定没见过这个人。对方于是说自己是魔鬼鲁西埃尔。"我"大吃一惊，说："怎么可能！你看起来是人，和人一模一样啊！既没有蝙蝠的翅膀，也没有山羊的蹄子或毒蛇的鳞片。"

魔鬼就说："那是画匠们故意丑化我们的，其实魔鬼和人类长得一样，并没有古怪的外表。""我"就反驳魔鬼说："即便如此，魔鬼也只是在表面上和人相似，在心里却存在着毒蝎般的七宗罪。"魔鬼笑了，说："你不知道这七宗罪也存在于人的心灵吗？"

"我"此时激动大喊："恶魔滚开！我的心灵是映现 Deus

（神）诸善万德的镜面，没有你的容身之处！"听到这样的叫喊，魔鬼笑得更大声了，说："何等愚蠢啊，你现在骂我，不正是犯了七宗罪中的傲慢之罪吗？正好证明了人和魔鬼没有差别。如果魔鬼真如你们想象的，是穷凶极恶的鬼怪，那天下应该一分为二，你们和Deus居住在完全光亮安定的地方。难道你没有想过，凡是光亮之处必然有黑暗，世界是由Deus统治的白昼和魔鬼统治的黑夜共同构成的，谁能否定如此二元的合理性呢？魔鬼虽然属于黑夜，并不表示我们就忘记了善，你的右眼看到地狱无尽的黑暗，你的左眼看到上天吉祥的光明。魔鬼不是十恶不赦，就连Deus都经常为我们受苦啊！"

这样的论理、这样的思考，来自基督教神学。芥川龙之介有深刻的好奇与体会，因而反复在小说中探讨、表现。

他还写过一篇《烟草与魔鬼》，伪装为考据文章，要考证烟草究竟是如何传入日本的。有一位神父本来要搭船，却不知为什么没能登船，魔鬼发现了就化身为那位神父，随着船漂洋过海到了日本。然而一在日本上岸，魔鬼就发现自己犯了大错。魔鬼最主要的工作，是去引诱人背叛上帝、背叛教会，跟上帝捣蛋，但在日本却连一个相信上帝的天主教徒都没有，他要找谁来叛教呢？

所以到了日本的魔鬼无所事事，太无聊而弄起园艺来，将带来的种子撒在外面的院子里。没多久，魔鬼化身的神父住的院子里长出了烟草，有一个牛贩牵着牛经过，很好奇地问：

"那是什么？我从来没见过呢！"魔鬼就说："你想要吗？如果到明天早上之前，你能知道这是什么植物，那这一大片就都是你的了。"牛贩惊讶地说："有这么好的事？"不过魔鬼随之提出了条件："但如果到明天你还是不知道这植物是什么，那你的生命和灵魂就都要交给我。"

牛贩和魔鬼签了这个"浮士德式"的合约，但接下来发生的，却绝对不是"浮士德式"的悲剧。牛贩到处问，怎么都问不出植物的名字，没有人认得那种植物。到了夜里，看起来快要输了，牛贩想到一个办法，他牵着牛，偷偷将神父院子的门打开，让牛闯进去大闹一场。魔鬼打开窗子一看，气得大叫："什么畜生在乱踩我的烟草！"牛贩听到了，啊，原来这植物叫"烟草"！

魔鬼输了，无法得到牛贩的生命与灵魂，反而赔上了自己种的烟草，从此日本就有了烟草。不过从引诱人失去生命与灵魂的"魔鬼勾当"上看，这样的结果对魔鬼反而是更划算的。知道这意思吧？意味着烟草反而让众多日本人失去了灵魂。

这是一篇有趣的戏作，不过如果没有对于善恶混同的复杂认知、对于魔鬼与上帝关系的想象思考，也不可能写出这样的戏作来。

第三章

复杂人性的
残酷书写

《手绢》与新渡户稻造

大正五年，公元一九一六年，芥川龙之介写了一篇叫作《手绢》的小说。这篇小说的特殊之处在于角色影射了新渡户稻造。新渡户稻造是日本维新时期的代表性人物，他的头像曾一度出现在日币钞票上，他用英文写的《武士道》一直到今天仍是对于日本传统精神最重要的诠释。

新渡户稻造毕业于北海道的农业学校，那是今天札幌的北海道大学的前身，对于日本农业的现代化有着关键的贡献。他是日本最早到海外去的一代留学生，先去了美国，又转到德国，最后在德国的哈勒取得学位。他回到日本之后，还有一项特别的资历，在小说中芥川龙之介也特别凸显了，那就是他曾在日本侵占台湾初期来到这里，担任台湾总督府的第一任"殖产局长"，参与了日本对台湾殖民经济政策的制定。

日据时期台湾农业最主要的发展政策，第一是确立以生产蔗糖为主的方针，第二是将粳稻品种引入台湾，取代原本台湾普遍种植的籼稻。第二项政策到二十世纪二十年代才取得了突破性的成功，而第一项则是从日据时期伊始就进行了，让自然环境上无法产甘蔗却又酷嗜甜食的日本社会，得以摆脱必须花费大笔外汇进口糖的情况，充分利用了台湾亚热带到热带气候的风土条件。这项政策就是在新渡户稻造担任"殖产局长"时订立下来的，他因此被称为"台湾糖业之父"，云林的糖厂里应该还留有他的铜像。

新渡户稻造当然也是日本最早一代采纳了西化生活习惯与价值观的人，他甚至还娶了一个美国太太。然而他会特别用英文撰写《武士道》，要让外国人了解日本的特殊文化精神内涵，显见他对于自身的传统有着强烈的认同。

除了《武士道》，新渡户稻造还写过另外一本书，书名是《修养》。台湾的长辈如果有过在日据时期上学的经验，那么他们应该还会记得那个时候学校里的一个特别科目吧！那就是"修身"课。而日本这段时期的教育体制之所以会那么重视"修身"，一部分也是受到新渡户稻造的长期鼓吹影响。

《武士道》和《修养》两本书有着密切的关系。新渡户稻造最大的贡献就在于将武士道予以普遍化，不再只将之视为一套封建时期武士对于藩主的效忠信念，转而强调其中的人格养成、人格修炼作用。

他提供了一条得以让日本现代国民性养成与传统连接的路径。他特别强调武士道中对自我节制的锻炼。和中国或西方文化相较，日本传统中最独特之处就在于此。

《武士道》一书中，新渡户稻造精彩地描述了这中间的细腻转化。一个武士要在随时打杀的情境中获得更高层次的武勇性质，必须让自己保持冷静，维持敏锐反应的能力，如此才能立于不败。所以不只是外表上要喜怒不形于色，更要培养内在的宁定。最关键，也是最难的，是去除恐惧。

扩大来看，恐惧总是源自未预期的活动或现象，意料之外的事物突如其来，我们会很自然地感到惊吓，这是人最脆弱、让敌人有机可乘的时刻。因此武士道要节制所有的情绪，让武士能够总是保持冷静，不会有任何情绪波动，不会有脆弱的时刻。

自制锻炼的极致，是切腹。切腹是一种经常的准备，提醒武士随时都可以用自己的手，以最为痛苦的方式结束自己的生命。如果连如此极端的事都在修炼中被转化为日常、平常，那么武士就真正无所惧了。还有什么好怕的？原本恐惧的主要来源是失去生命、承受肉体折磨，现在这两种恐惧都集中在切腹一事上，自己随时准备好了，那就再也没有什么可惧的了。

新渡户稻造将切腹提升为"道"，背后是人修炼自我情感、情绪节制的极致境界。而武士什么时候要切腹、为什么要切腹，又关系到武士道的另一项核心精神，那就是对自我尊严的极端强调。

当武士辜负了任务、使命，或做不到自己所承诺的事时，切腹是他保有尊严的最后一种办法。它既是自我惩罚，同时也彰显自己就算犯下了如此不可原谅的错误，也并没有丧失自我承担的勇气，所以要采用最痛苦的方式来结束自己的生命。切腹不只是自杀，关键在于愿意在死前承受极端的痛苦，表现最终的勇气。

武士道精神通过这种方式得到强调，离开了武士阶层，它对整个日本社会都产生了深远的影响，甚至在台湾的日资企业中也可见一斑。之前台湾有一家银行，名叫"诚泰"，英文却写成"Makoto Bank"，"Makoto"是日文"诚"字的音译，而"诚"是日本修身教育中的一大重点。另外吴清友先生创办的书店，叫"诚品书店"，他在自述回忆中也特别强调自己从父亲那里继承了对"诚"的格外重视，形成了他开书店的理想与原则。

在武士道中，武士要修炼到彻底忠于上下关系、忠于武勇负责原则，也就是"诚"，对自己没有一点内外差异的虚伪。武士道包括了许多规矩、仪式，然而重点是要将外在的规矩、仪式内化成为自己衷心相信与感受的，整个人自然过着符合这些规矩、仪式的生活，这是所谓的"诚"。

诗意与戏剧性

芥川龙之介比新渡户稻造晚了一个世代，很年轻的时候就敢于将这样一位知名的前辈写进小说里。新渡户稻造回到日本之后，一度担任第一高等学校的校长，将这所学校经营得有声有色，而芥川龙之介就是从第一高校毕业的。

他这样写第一高校的老校长，小说里这个当时读者一眼就看得出来是影射新渡户稻造的角色，叫长谷川谨造，他在家中

76

无所事事，手上拿着斯特林堡关于戏剧的书在读。西方的戏剧在二十世纪初传入日本，大为流行。戏剧是西方文学史上的重要文类，有着长久渊源，到了十九世纪，这个古老的形式却受到了翻天覆地的现代冲击、改造。

其中一项冲击发生在一般人和戏剧的关系假定上。过去的戏剧名著——莎士比亚、马洛、莫里哀、歌德等人的作品是欧洲青年教育的必要成分，不过在接触、吸收这些作品时，他们必然的认定是将自己设想为观众。十九世纪的新潮流却是诱引人们转而从演员的角度来理解、体会戏剧，于是相应地产生了群众对于表演的高度兴趣。

过去看剧本或看戏时，演员是工具，只是将戏有效地传达给观众，然而这时候人们开始思考演戏究竟是怎么一回事。这源自浪漫主义中对于自我、性格差异的好奇想象。在新的思潮下，人们看到舞台会格外好奇：一个人如何变成另一个人，如何暂时搁置演员本身的人格，换成角色的个性？而且这种转换是纯粹表面的，不会影响到自我内在性质。

演员如何入戏，又如何从入戏的状态中抽离出来呢？十九世纪末，这样的话题想法在欧洲大为流行。我们现在被大量影音信息包围，方便看到各种表演，大部分的人又退回理所当然将自己当作观众的态度了，很少认真去思考、探索如何表演，表演与自我内在的关系是什么。

台湾大部分的影视节目为什么那么难看？一部分的原因也

就在于演戏和看戏的人都缺乏自觉，囫囵吞枣地混过去。演员演戏时不在意自己到底是以原来的身份、习惯在说话、在行动，还是进入了角色的特殊生命形态。观众看戏也不在意眼前看的、听的，到底是来自那个常常演出的演员，还是戏中应该要有不同身份和不同生命历程的角色。这种环境、这种态度，要如何拍出好的戏剧、电视剧、电影？

十九世纪出现的诱人探讨是：演员每演一个角色，就离开了自我入戏成为另一个人，等到戏演完了，这样的经验不可能不留下部分或深或浅的痕迹，于是他的生命就会在过程中叠印上一层一层其他人的经验。到后来他还能分得清什么是自己、什么是角色吗？那样的自我，岂不在实质上成了各种角色影响制造的混合体？

在高度表演意识的影响下，进一步追问：一般人的日常生活中，难道就没有表演的成分吗？从这个角度看，会发现其实大家的生活中也充满了自觉或不自觉的戏剧性。十九世纪西方文学、艺术潮流中，经常出现的习惯用语是"poetics and theatrics"（诗意与戏剧性），人们随时具备着对于诗与剧场的高度敏感，在生活中寻找并创造诗意的瞬间，以及戏剧性的享受。

从戏剧性的角度看，人活在与各种角色的互动中，光是要处理好自己的生活，都必须练习在不同情境中扮演好相应角色的能力。生活即戏剧，而不是只在生活以外欣赏、理解戏剧。

《手绢》中的武士道精神

斯特林堡是这个潮流中的重要作者。小说《手绢》开场，芥川龙之介就设定了让长谷川谨造拿着斯特林堡的书，而他的举动是因为察觉了年轻人的流行：受到西方文化感染，日本的下一代产生了高度的自我意识，想要探索"我究竟是谁"的存在问题。他是一个认真的老师，于是找来了学生有兴趣、在读的书，用这种方式保持不和年轻人的想法脱节。

然而这毕竟不是他的专业，也不是他本有的兴趣，所以他无法真正专注在书上，只是有一搭没一搭地读着。此时有人来访，递进来的名片上写着"西山笃子"，他不认识，不过既然闲来无事，就吩咐让这位女士进来。

这位女士原来是他的学生西山宪一郎的母亲。多巧，西山宪一郎正是刺激长谷川谨造去阅读斯特林堡作品的年轻人。他虽然不是读戏剧的，却有着对于戏剧的钟爱热情，甚至会自己写和戏剧有关的文章。

西山宪一郎前一阵子因为腹膜炎住院，没想到母亲这次上门，竟是来向老师传递儿子死讯的。然而母亲在向老师说这件事时，异乎寻常地冷静，甚至还面露出礼貌的微笑，使得长谷川谨造极为不安。他想起当年在德国时，遇到德皇威廉一世去世，消息传来，他寄居家庭里的小孩竟然就哭了。多么强烈的对比！那样的小孩能和皇帝有什么关系呢？相形之下，坐在他面前的母亲，怎么能够优雅地保持笑容对他说儿子的死讯呢？

然后，小说有了一个奇特的转折。因为并未专心说话，长谷川谨造瞥见了地上有一把扇子，就弯身去将扇子捡起来，却意外发现那位母亲手中紧紧握着手绢，用一种不正常的、像是要奋力将手绢撕裂开来的方式扭曲着手绢。

长谷川谨造的第一个反应是，他理解了这位母亲为什么能如此平静。那只是表象，不是她心中真实的感受。刹那间，长谷川谨造知道了，原来她全身都受着痛苦的折磨，靠着极强烈的意志力才压抑住不让痛苦显现出来。

进而他感到佩服，甚至油然生出一份奇特的"虔敬的喜悦"。那是什么？是从何而来的？要等到这位母亲告辞离开了，两个小时后长谷川谨造和妻子对话时，我们才能明了。他将那样的压抑，视为日本武士道在女性身上的表现。这就是为什么小说要以长谷川谨造影射新渡户稻造，因为这是一位重新诠释、宣扬武士道的学者。他在西山母亲的身上看到了喜怒不形于色的自制修炼。他特别将这样的想法说给家中的美国妻子听，两人一起欣慰赞叹自己能够活在这样的日本，一个保存着传统文化、深厚武士道精神甚至渗透到女性生命中的日本。

武士道精神的矛盾与冲突

不过小说还有一小段尾巴，它才显现了芥川龙之介的小说本色。长谷川谨造的注意力回到了小说开始时正在读的那本书上。因为顺手将接过来的西山笃子的名片夹进了书里，所以这时候一翻就翻到原先读的那段。在那里，斯特林堡提到了他最反对的一种表演方式。

人有内在的情感，也有外在的表现，所以很多演员习惯在呈现内心有什么样的感受时，去寻找外表的相应行为。这种演戏方式中，观众其实不是真的被演员感动，演员并未将角色的特定感受传递给我们，而是将内在感受"普遍化"，像一个符码般递交过来，我们也理所当然照着习惯的方式译码，认定自己收到了戏中的讯息。

像是看到演员嘴角微微一动，仿佛要微笑却又没有笑出来，变成了苦笑，我们就自然译码，知道他内心有着委屈或无奈。斯特林堡认为这是一种方便、廉价因而不精确的表演方式。

那是一种套式，不是真正的表演，没有进入角色的特殊性，演出角色特殊的委屈或无奈，而是将他原本应该有来历、有故事的委屈或无奈，变成了一种普通的、空洞的、只是对应于那个苦笑表情的内心感受。

长谷川谨造读到这里时被西山笃子的来访打断了。现在他继续读下去，却发现斯特林堡举了一个例子来说明什么是套式的表演——要表现内心压抑不住的激动，就一边面露微笑，一边将手上的丝巾撕破。

这岂不正是他刚刚在西山笃子身上目睹的？长谷川谨造被刺了一下，却不确定那意味着什么，只感觉到一份莫名的、冥冥的威胁，一种会破坏均衡与和谐的力量正向他靠近过来。

小说就结束在这里。结束在一个问题上，没有给答案，但制造了强烈的后劲，逼着读者带着这印象，无法立刻离开，会忍不住去追想。

显然不同的读者会朝不同方向探索，得到解答或保持困惑。我个人读到这里时，有一点兴奋之感，觉得找到了一条理解芥川龙之介的重要线索。

这件事在长谷川谨造——也就是现实中写了《武士道》的新渡户稻造心中种下了一股不安，他不再能够那么有自信地守住武士道的信念，开始有了怀疑。这是威胁的来源。

芥川龙之介不怀好意地看着长谷川谨造（新渡户稻造），问道：武士道真的有你在书中所说的那么完整、和谐，那么有系统吗？小说中的长谷川谨造意识到了，却又压抑着不愿意去面对——他自己对于武士道的解说存在着内在几乎不可能协调的冲突。

武士道是自制的修炼，要练到喜怒不形于色；武士道又要追求真诚，忠实于内在的情感。这两个原则加在一起，不是表示一个喜怒不形于色的人，内在就真实地没有任何情感？如果他从内在没有了情感，把自己修炼到麻木，怎么还能符合武士的形象，具备武士对于自我以及对于责任的那份热情？

武士表面的平静，不能是真实的。表象永远比不上真实那么丰富、那么复杂，如果只看表面而不去探究背后藏着的复杂的人，不去探测其内在情感与外表的各种不同可能性，那么要如何真正认识人？

长谷川谨造（新渡户稻造）懂得人、能够认识人吗？如果不是为了捡扇子才偶然看到西山笃子的手绢，他会一直以为她是如此平和冷静，而斯特林堡的书中又说了，这样的外表与内在冲突表现，其实才是最初级的表演方式。换句话说，连这么简单的外表与内在曲折联结，长谷川谨造都看不懂、看不出来，竟然还在探知背后真情时，沾沾自喜地以武士道来解释，这是何等的错误，又是何等的狂傲啊！

《枯野抄》的最后送别

和《手绢》相应，还有一篇乍看下有点莫名其妙，却在仔细体会后能感受其了不起的作品，叫《枯野抄》。

我们先看这篇小说的最后一句："古往今来，无与伦比的一代俳句宗师松尾桃青，在众弟子无限悲痛的拥簇之下，溘然长逝。"这就是小说的情节，描述松尾芭蕉（小说中的人物原型）

死前时刻，记录弟子的种种反应。

松尾芭蕉是了不起的俳句大师，也是了不起的行路者，走过很多地方，所以日本留有很多和芭蕉有关的历史景点。他还走出了一条长长的"奥之细道"，给了这条路上许多季节风物的经典俳句灵光点缀。

关于松尾芭蕉之死，只需要小说的最后一句话就能交代完。但芥川龙之介混合了史料与虚构想象，去还原究竟都是哪些弟子用什么方式表现了他们的"无限悲痛"，为老师在生死之际送别。

元禄七年十月十二日下午，芭蕉病笃，大夫已经在他身旁陪了一整夜。众多弟子围着他，在大夫确认他再也活不过来时，临终前有一个"点水"的仪式，每个人轮流在将死者的唇上点水，这是最终的送别。

小说的主体，就是描写弟子要一个一个去面对老师的死亡，介绍他们是谁，在点水的当下是什么心情、在想什么。

第一个是其角，大夫看着他，说："来吧，时候到了。"在他心头自然涌起的感觉是松了一口气，该来的总算来了。那不是单纯的"无限悲痛"，但我们每个人应该都明了吧，那是真实的——不管你多么爱这个人，不确定他是不是这次就死了的悬宕，总会刺激出一种期待能得到答案的心情，答案出现了，最先出现的是悬宕终止带来的放松。

然而接下来，他的心里产生了强烈的违和感。要和师父永诀了，应该十分悲恸才对，自己内在的放松岂不显得无情冷漠？明明知道应该痛苦、难过，却吓一跳地发现自己竟然没有那么痛苦、那么难过，进而他发现了自己对于死亡如此厌恶，看到师父即将死亡的模样，他极度反感，环绕着死亡的一切都是丑陋的，现在笼罩了师父整个人，这也是使他难以忍受悬宕不明的另一股强烈力量。

然后是去来。对于师父要死了，他有两种交杂的感受，一种是悔恨，但他的悔恨源生于前面的一份志得意满。在弟子间，他是最不受重视的，老师重病期间他在旁边悉心照顾、到处奔走，其他弟子似乎仍对他的努力视而不见。然而他自己心中得到了满足，一个内在旁白不断地对着其他弟子挑衅地问："你们有谁能像我这样服侍老师，对老师这样尽心尽力？"并因此得到了过去从未有的自信。

但老师要死了，去来的这份满足也即将结束了，他必须面对这种满足感来自虚荣的事实。他对于自己竟然利用老师的病来得到虚荣满足，产生了强烈的愧疚、悔恨。

再来应该轮到丈草，但此时还没轮到点水的正秀却忍不住大哭了。乙州看到正秀大哭觉得很尴尬，理智上他认为那是失态的表现，但在他自己无法控制的情绪反应上，他却被正秀的大哭感染了，随着也哭起来，变成了两个人在哭。

然后是支考。支考回想着老师生重病到当下的过程，包括记起了老师对大家表达感谢的话："我原来以为死去时，会是在野地里，因为有你们，我竟然可以在这种环境中死去。"支考排

85

除不掉心里的一份困惑：死在野地里和死在这里真的有差别吗？

他和眼前正在发生的事有一种奇特的疏离关系，包括他会回想那过程，都是源于他自觉在经历很重要的一件事，一件将来可以记录下来、成为写作题材的事。他已经在想要如何写这件事，以至于无法真正如实地体验它。将经验化为文字的念头，使他此刻脑中有了诸多文字介入他和周遭事物之间，那样的经验变成间接的，在发生的同时，已经先被转化成为文字才进入他的身体里。

还有惟然僧。看到老师要死了，他油然生出的念头是："那下一个要死的，会不会就是我了？"老师之死激发了他对于死亡的高度恐惧，因为提醒了他自己也会死、必然会死、无可逃躲的事实。

最后又回到了丈草。他一方面悲痛，一方面却有解脱之感，因为老师的成就、老师的人格长期来一直给他很大的压力。从今以后，没有芭蕉这个老师了，他一直承担的压力要消失了，那是解脱。

小说写到这里，呈现了这么多弟子的内在反应，然后才说："古往今来，无与伦比的一代俳句宗师松尾桃青，在众弟子无限悲痛的拥簇之下，溘然长逝。"于是这句看似平凡无奇的话，变成了强烈的反讽。

这份反讽提醒了我们，以后看到类似"面对亲人死亡无限悲痛"的笼统描述，不要轻易接受、轻易相信。这样的句子根本的问题是违背了复杂的人性。更进一步，这样的句子之所以如此普遍、如此常见，绝不是因为表现了实情、真理，而是因为大部分的人不敢承认自我的复杂性，宁可相信遇到死亡时，大家都是"无限悲痛"的。

芥川龙之介却敢于揭露这不符合"无限悲痛"简单描述的复杂真相。在小说中他选择芭蕉之死的场景，一部分的原因就在于确实有这些弟子，他们都是记录上有名有姓、真正存在过的人。芥川龙之介的态度是：既然他们是真正活过的人，那么就别骗我说他们会在老师去世的场合中，都有同样"无限悲痛"的反应。那不是真实的人会有、该有的真实情况。

写《枯野抄》时，芥川龙之介才二十六岁，但他已经能够揣摩、创造芭蕉弟子各自不同的内心反应，而且每一种反应都既具备合理性，又对读者产生了新鲜的刺激。这些弟子的反应加在一起，构成了人的复杂本性。我们每个人都会有在应该"无限悲痛"时却无法依照期待感受悲痛，反而感到如释重负、感到悔恨、感到身不由己地被别人的哭声带着走、感到似乎和那个场景间隔着一层毛玻璃，或感到解脱的种种经验。

例如说年轻时失恋，也应该是"无限悲痛"的吧！然而如果对于那段感情是否能维持下去已经摇摆多时，真正确定失恋，你也会有反而松了一口气的感觉。如果你是个文艺青年，你已经读过了许多描写失恋的文学作品，这时候会有许多语句、情节、场景涌上心头，代替你去体验、去感受失恋，甚至在失恋的当下你同时在想要如何将被恋人抛弃的情境化为文字写成作品，于是"无限悲痛"就没有那么痛了，或者说，就有了许多不一样的痛法。

《地狱变》核心里的基督教"地狱"观

以这些作品为背景、为参考，我们可以进而试着来解读芥川龙之介的《地狱变》。

《地狱变》的核心讯息，是从《手绢》《枯野抄》一路延续过来的，要呈现什么是人的真实，以及要如何才能碰触到如此复杂的真实。还有，《地狱变》虽然取材自历史故事，以"地狱"为主题，然而那不是一般日本神道或佛教中的地狱，而是有着浓厚的基督教意味，是芥川龙之介自己打造的地狱意象与地狱意义。

去罗马旅行观光一定要去梵蒂冈，一定要去看著名的西斯廷礼拜堂。大家都知道那里有画在天花板最高处的《创世记》经典画面，上帝伸出手指碰触亚当。不过西斯廷礼拜堂更为摄人心魂的，是同样出自米开朗基罗之手、画在一整面高墙上的《最后的审判》。那比《创世记》规模大多了，也更直接、更惊人。

直到今天，西斯廷礼拜堂在梵蒂冈教会都具备特殊的神圣功能。当教皇出缺时，枢机主教们必定齐聚在这里开会，选出下一任的教皇。必须等到有了结果、选定了，烟囱中冒出象征性的烟，主教们才能离开西斯廷礼拜堂。在这过程中，主教们就在整幅《最后的审判》的陪伴、监视下，一轮一轮投票。也许是这样的环境影响吧，至少在现代历史中，枢机主教们凭借信仰与良心，最后选出的教皇，其人格与宗教素质，看来都超越了教会结构所形成的平均值。

《最后的审判》应该也发挥了相当的作用吧！毕竟米开朗基罗用了极其逼真的写实笔法，刻画了不同的人接受相应的审判的场景，有的上升，有的沉沦，尤其是画出了那些遭到永恒惩罚之人痛苦扭曲的姿态与鲜活恐惧的表情。

另外一件大家也应该看过、熟知的艺术作品是罗丹的《地狱之门》。这件作品费了罗丹极大的心力与时间创作，现在留下了各个不同部分的试验原型，而且有不同尺寸，后来还翻塑了好几个成品。而无论是《最后的审判》还是《地狱之门》，其背后都有着但丁名著《神曲》的影子，作为造型想象的共同来源。

《神曲》有着多重的突破性经典意义。首先但丁采用了严格的三行韵体——aba, bcb, cdc, ded 的韵脚排列，写了一万四千多行的一部巨著，并且不是采用拉丁文，而是用他家乡佛罗伦萨地区的意大利语写成的，等于是只手重整、开创了意大利语，打造出一种新的文学语言，使得从此之后的意大利文学独立诞生。

更具影响力的成就，是但丁在《神曲》中统纳了基督教中长期流传发展的宇宙观，用"地狱""炼狱""天堂"三层结构描绘了人间以外的环境，和人在死后灵魂要去的地方。他吸收神学看法，加上自己对现实的认知，还有忍不住放进去的私人恩怨因素，将过去的人们安排在不同的地方，不只是"地狱""炼狱""天堂"，还更细分为"地狱"或"炼狱"的第几层第几圈，或是"天堂"中的第几重天，如此建构、揭露了人生前行为、名声与死后灵魂去处的关系，也就是审判的根本原则。

而且但丁给予《神曲》精彩的戏剧性架构，摆脱了神学讨论的枯燥无趣性质。读者随着书中同样叫作但丁的主角，在弗吉尔和天使贝缇丽彩的引导下，有了一趟异境奇幻旅行，在各种非凡的场景中身历其境，遇到了原本只存在于书本里的历史人物，和他们对话，听他们亲口说出自身从阳间到阴间的光怪陆离的经验。在过程中，读者同时被刺激去思考：为什么这个人在这里？什么样的行为应该得到什么样的惩罚或奖励？神的意志或自然的律则是如何运作的？这样公平、有道理吗？知道了这样的道理，我应该如何调整、改变自己的行为？

但丁《神曲》的地狱描绘

《神曲》的旅程开始于一个阴森黑暗的林子，但丁突然发觉自己迷路而走上了一条单行道。那其实就是通往地狱的死亡之路，然而借由天使为他求情，遣来了弗吉尔作为他的向导，他得以暂时摆脱死亡，但仍然不能直接回头，必须顺着这条单行道的方向，先往下进入地狱，到了地狱底层，再沿着炼狱山往上爬，爬到炼狱山的顶层，那就是人类祖先一度居住又被赶出来的伊甸园，也是通往天堂的入口。

经过这样巧妙的解释安排，但丁在《神曲》中规划了一次先苦后甘、先沉沦后扬升的跨界旅程，并且对于这三界进行了极其细密的想象，有着精确的立体方位，不只是如何往下、如何往上，上下行进中是朝向哪个方位，又如何转弯变化，都有精确的细节设想。

首先在地狱会遇见的，都是那些活着时受到各种欲望诱惑而犯了错，却到死都没有悔改，因而得不到耶稣基督慈恩救赎的人。这些受苦的灵魂见到了意外来访的但丁，几乎个个都积极热切地向他诉说自己的故事，于是我们就跟随着但丁，像是阅读了一本人类欲望与犯罪的百科大全。那些欲望，例如嫂嫂和小叔偷情的过程，看得我们脸红耳热；而那些犯罪行为的策划与执行过程是多么曲折精彩啊！

地狱走完了，到了炼狱。在这里居住的灵魂都持续不断地往上爬，不会停留在一处。因为炼狱和地狱最大的差别，就在于炼狱中的这些灵魂来得及在死前为自己的罪行向耶稣基督的代表——教会或教士表达忏悔，于是他们可以不进地狱，而在炼狱山上努力往上攀爬，让自己有升天堂的机会。这些亡灵说出来的故事，一部分和地狱里听到的很类似，包含欲望与罪行，不过这里多增加了悔罪过程，以及救赎的希望。

整部《神曲》中最吸引人的，是充满欲望与罪行，还有种种恐怖惩罚奇观的地狱部分，相对最难写也最难讨好读者的是天堂部分。天堂都是美好的，都是善的，要如何才能写得不重复、不无聊呢？真的必须佩服但丁，他具备惊人的描写能力，在《天堂篇》中竟然能够区分每一重天，让每一重天有不同的光彩、不同的天象或不同的天使活动形成的奇观，靠这样的描述而不是靠故事撑起了书中的第三部，让读者好奇等待上帝和耶稣在至高天的出现。

和但丁同时代的人阅读《神曲》，还会得到多一层的刺激乐趣，因为会读到但丁在地狱里遇到了一位又一位教皇。掌管教会、曾经占据教会中最高地位的人，同时也是最容易腐化滥用宗教权力的人，民间对他们有很多不堪的流言批评，但丁索性让他们死后下了地狱，发泄对这些人的愤恨，也帮忙保住了教会的尊严，表示这些人虽能在人间一时作威作福，毕竟还是逃躲不了终极审判的责罚。

从《神曲》到米开朗基罗、罗丹的绘画、雕塑表现中，可以清楚看出西方世界关于地狱想象的强大传统。这个传统累积了丰富内容，人们运用文字、绘画、雕刻、戏剧等不同方式将之予以呈现。最主要的内容必然牵涉极端的情感反应——极端的惊讶、极端的恐惧、极端的痛苦、极端的忧虑……对地狱的想象为人们提供了将这些负面情绪推到极端程度的最佳体会与描写练习。

不让人失望的"地狱图"?

芥川龙之介写的《地狱变》,援引了西方的地狱想象,将之放入日本传统历史情境。受命画"地狱图"的画师良秀,习惯极纯粹的写实画法,他没办法画没见过的画面。小说设定了一个悬疑因素,一位没有能力完全凭借想象画图的画师,却必须将地狱的景象画出来,而且要让所有看到画的人一眼就产生"这就是地狱"的强烈感受,这有可能吗?

小说就是要在状似不可能的设定中,一步步走向那高潮完成的情境。芥川龙之介在小说中运用了一个身份不明的叙事者,他熟知此事的来龙去脉。开头时叙事者先为我们介绍崛川大公,他是个天赋异禀、极度幸运的人。传承的财富让他几乎可以为所欲为,而他又具备了高度野心,甚至到了被比为秦始皇、隋炀帝的地步。当然他见过世面,什么样身份的人、什么样的大户豪宅都不可能令他惊讶,就连百鬼夜行他都不怕,倒过来,他还能喝令鬼从面前消失,鬼也只好乖乖照办。

这样一个人在小说中的作用,竟然只在于衬托良秀所画的"地狱图"——什么都见过、什么都难以使其心动的崛川大公,唯独对良秀的"地狱图"有强烈的惊讶表现。

从说故事、呈现小说的技法上来说，这样的开头实在不怎么高明。就像是要开始说鬼故事，先强调：我说的鬼故事很恐怖、很恐怖喔！我说出来了你们都会怕得发抖！这一来是提高听故事的人的期待，二来也让他们有了提防，甚至有了抗拒的心情。真正会讲笑话让全场笑得翻过去的，是"冷面笑匠"；真正会讲鬼故事的，会采用在听众没防备时突然揭露描述恐怖情境的讲述方式。

先提高了读者的预期标准，认为会在小说中看到连崛川大公都惊讶的"地狱图"景象，接着又设下了艰难的条件——良秀是最杰出的写实画师，只要是他见过的，他必然能在画面上予以重现，这幅"地狱图"就是出自良秀的笔，但良秀不可能见过地狱。他怎么能凭借写实的技法画出让人惊讶、恐惧的地狱景象？

芥川龙之介看似迅速地给自己挖了坑跳下去，而且用了双重因素挖了很深的坑。如此一来，在接下来的小说中，他必须说明为什么良秀能画出写实地狱景象，另外又必须描述良秀"地狱图"的画面，说服我们为什么连见多识广、看到鬼都不会皱一下眉头的崛川大公也为之动容。

如果达成不了任何一个目标，或用任何方式闪避这两项要求，那么这样的开头就等于是搬大石砸自己的脚，必然会让读者失望、生厌。

记录丑中之美

读过小说《地狱变》的读者，应该都没有失望、生厌，芥川龙之介让我们目睹了人间地狱，他没有动用任何外于现实的情节，甚至没有套用但丁的前例，设计非常的情节，让良秀亲访地狱。他画的是地狱，却也是人间写实。

而他竟然还行有余力地在小说中放进了许多细腻的成分。例如说我们知道良秀只画看得到的景象，但小说中这不是抽象地说过去就算了，而是详细描写了良秀如何进行准备，让读者留下深刻印象。

良秀要读者看到有人被锁链套起来的模样、有人被黑蛇惊吓的模样、有人被鸥鸰从天上追逐攻击的模样，这些都刻意安排得到了。大公问他，那地狱中青面獠牙、负责拘人的恶鬼要如何看到？这他也有准备，找到方法让自己做噩梦，恶鬼出现在梦中。

如此而对照凸显了最难的部分——应该要摆放在画面正中央的、地狱之火制造出的烧灼折磨，他看不到，所以还画不出来。

又如小说中不只呈现了良秀是一个什么样的画师，而且刻画了他是一个什么样的人。芥川龙之介一直念兹在兹地想要挑战世俗从表面上形成的评断眼光，提醒读者思考，世俗层面的善恶曲直值得相信吗？在世俗的眼光中，良秀长期因为外表而被看不起，他长得像猴子一样，因而得到了"猿秀"的绰号，还有人故意作弄他，捉了一只猴子来养，就取名为"良秀"。

长得尖嘴猴腮就遭到欺负、霸凌。而且从叙事者的角度看，良秀的内在也几乎一无是处，吝啬、懒惰、贪婪、无耻，浑身是恶。

猴子"良秀"靠着良秀女儿的善意、仁慈，才得到了救助、保护，这是一个清楚的象征：从世俗角度看如此一无是处的良秀，在生命中仅有的救赎，是这个女儿。这里也就埋下了什么是"人间地狱"，良秀将在什么时候、什么状况下目睹"地狱"的伏笔。

不过良秀身上有着一样世俗的善恶无从判别的东西，那是他的艺术。叙事者告诉我们，良秀的诸多恶德中最糟的一种就是傲慢。他凭什么傲慢？因为他自恃当朝的第一画工，而且他眼中只有画，没有其他的。在小说的一个小插曲中，人家请了女巫起乩来传递天上的秘密，所有在场的人都好奇要听秘密，只有良秀对秘密丝毫不在意，他盯着女巫认真地看，只有要将她起乩的那种狰狞样貌画下来的念头。

因为眼中只有画，所以良秀懂得了其他画工不懂的——将这个世界上任何极端的事物、现象画下来，那画面本身就有一份特殊的价值。换个方式说，他懂得"丑中之美"。

"恶之花"式的美

原本相反矛盾的"丑"和"美"怎么会并存呢？

意大利学者、小说家艾柯为巴黎卢浮宫策划过"美的历史"展览，又再接再厉推出了"丑的历史"展览，相关资料与解说后来也出版成书。我们平常总认为艺术就是要表现"美"，所以用"美的历史"来探索、呈现卢浮宫的艺术品是如此理所当然。艺术之美不就是为了让我们逃离现实之丑吗？每天的日常生活中，我们都要见到、忍耐许多的丑陋——铁皮屋、垃圾堆、骑楼下停得乱七八糟的摩托车、完全没有设计的各自为政随便挂的招牌……

然而艾柯要提醒我们，"丑"是艺术中的一种元素，提醒我们在艺术品中，离开了生活的混乱无序会被用什么方式表现出来。"丑"因而比"美"更复杂些，美的事物都可以放进艺术品里，但丑的，却必须要有特殊的理由，找到特殊的观点与形式，才能站稳其在艺术品中的地位。

讨论艺术中的美丑辩证，无可避免地一定会提到波德莱尔，他从巴黎都市生活的杂乱丑恶中，竟然提炼出决不予以美化、勇敢凝视丑，却成为近乎奇幻的诗意之美的句子与篇章，将之命名为《恶之花》。那是丑翻转而为美，透显出一种一般之美绝对无法触及的美。

这也就是芥川龙之介笔下的良秀的信念与追求——当他眼

中只有画，他就超越了一般人看待美丑的划分标准，而了解了如果将丑的事物，以别人不敢、无法呈现的方式予以呈现，表现本身就会带来一份震撼效果，产生一种奇特的美感经验。良秀对于"美"的认知与体会，接近波德莱尔的"恶之花"式的认知与体会，和其他画工的看法，有着极大的差距。

其他画工选择美的题材，良秀打破了这种美丑分别心，他要画的是特别的、非常的景致，所以他的画会有一种震慑的力量，以至于有过被他的画震慑经验的人们，纷纷制造了各种传言。

他们描述在看他的画时会听到声音，会闻到气味。明明是用眼睛看的，其他感官却也被引动了。芥川龙之介这种写法，也是受到了十九世纪西方浪漫主义强烈影响的，源自"魔鬼论""魔鬼形象"。

十九世纪欧洲最有名的音乐家之一，是拉小提琴的帕格尼尼，他能够在琴弦上发出别人拉奏不出来的声音，甚至是明显违背了当时所知道的声学物理原则的效果，例如在按弦时让手指远离琴桥却发出尖锐的高音。于是就有引用自《浮士德》故事的传说围绕着帕格尼尼，说他和魔鬼有了交易，得到了魔鬼的协助，才会有一般常人不会有、不可能有的演奏能力。而帕格尼尼自己非但不解释、不辩白，甚至还随之装神弄鬼，制造出神秘兮兮的样子来助长传说，经常在作品中加入鬼哭神嚎般荡漾人心的声响，以此进一步提升自己的名声。

芥川龙之介借用了西方庞大的地狱想象与魔鬼意识来刻画

良秀以及他所经历的。他遭遇、目睹了最震骇的人间地狱情景，和最具有情感毁灭性的事故，然而因为他是那样一个如同与魔鬼有了交易、带上了魔性的画师，即便在那一刻，他眼中看到的仍然只有画。画面进入他眼中、心中，成为执念，所以他不会被毁灭，他必须将那个画面画入"地狱图"中，将画完成了，他才上吊自杀。

《地狱变》中的现代性

芥川龙之介在《地狱变》中借由良秀所表现的，绝对不是历史上的传统态度，而是带有清晰、强烈的现代性，表彰了现代艺术的精神。一个人在世俗上所有的"恶"元素，最后结合在一起成就了不可思议的艺术作品。艺术的追求形成巨大的诱惑，也是巨大的挑衅，冲击人们对于善恶好坏的判断，多了艺术的完成、永恒艺术品的价值、艺术产生的强大刺激效果，我们不得不重新思考原本日常生活中的判断标准，尤其是"什么是恶"。如果只有恶才能成就艺术，如果一般我们避之唯恐不及、意欲彻底取消的恶，却能够、才能够成就不朽的艺术，那么我们看待恶的态度应不应该改变呢？要为了艺术而容忍恶，甚至鼓励世俗观念下的恶存在、蔓延吗？

尽管用了历史小说的形式，将故事放置在日本历史的背景中，芥川龙之介写出来的作品，呈现了强烈的现代艺术精神。十九世纪到二十世纪，尤其是从浪漫主义贯串到现代主义，西方艺术创作的追求，彻底改变了评断人价值的前提。

在此之前，要评断一个人，一定要将这个人视为一个整体，从整体上看他是好是坏、是善是恶，而且他所做的事和他是一个什么样的人之间，有密切、必然的联结，其所"为"是其所"是"的整体中的关键部分。

然而现代艺术挑战了这种人的整全观：一个艺术家的能力大小，非但不必然和他作为一个好人、善人的性质多少成正比，反而经常具备违背常识的好、善的性质，具备"魔性"，才能创造出足以震撼人心的艺术作品。杰出、优秀的现代艺术家往往不是一般意义上的好人、社会的好公民，只有恶德与恶行才能释放他们的创作自由，让他们看到并表现一般好人、好公民看不到、表现不出来的。

像《地狱变》这样的小说，就是一枚"现代炸弹"，投向原本缺乏现代意识、对于西方现代艺术发展极度陌生的社会。看了良秀的故事，你还有把握应该如何判断善恶、好坏吗？你如何判断良秀最终完成的"地狱图"这幅惊人作品呢？依照世俗的标准，良秀这个人简直没有资格被当作人，他唯一钟爱的女儿发生了那样的事，他还能将画完成，那是何等的冷血无情。

"你还是个人吗？"这确实是小说中对于良秀的沉重质问。然而小说明显地提供了和世俗很不一样的另一种评断方式，召唤着问读者愿不愿意、敢不敢靠近过去。那就是"地狱图"保证了良秀作为人的终极资格，甚至将他作为人的价值提升到了其他人之上。目睹感受那样的艺术品时，我们会变得愿意接受、必须接受这一切，原谅了这一切。

这是现代艺术精神中最复杂、最难被理解的一部分。从世俗的眼光看，凡·高是疯狂的，罗丹是疯狂的，他们给身边周围的人带来了多少麻烦、多少痛苦。许多现代艺术家一生所过之处都是废墟。他们对于艺术的追求近乎没有止境，不顾任何现实的代价，他们才能达到现代艺术的那种高度，才能留给我们那样的超凡作品，也才能以作品震撼、影响后世的千千万万敏感心灵，甚至彻底改变了那些人的生命。

人追求艺术的冲动究竟可以推到怎样的极端境地？我们愿意为了艺术付出多大的代价，应该为了艺术忍耐到什么程度？这些是现代艺术发展产生的重要问题，新鲜刺激却又沉重的问题，很难有清楚、简单的答案。

芥川龙之介最擅长将问题刻镂在读者心中。如果不想被这些难以有答案的问题困扰，那就不要读芥川龙之介的小说，因为里面一而再、再而三反复呈现的是抗拒以简单的方式来了解人，坚持要看见人内在的复杂纠结。

用这种方式来看人、理解人会不会很辛苦？是不是给自己找麻烦？是的，然而有了这样的经验，曾经陷入对于这种问题反复思索的苦恼，我们会有一项重要的收获：必然变得谦卑，知道自己对于人还不够了解，不能轻易对任何一个人下定论。

在今天的环境中，我有时很怕不小心看到台湾的电视新闻或电视连续剧，也会怕不小心听到别人的对话。我在咖啡馆里看书备课时，听到两个年轻男生谈论交女朋友的经验，描述形容他们遇到过的女生。我不禁起了一身鸡皮疙瘩，希望全台湾的女生最好都不要遇到他们，因为他们对于人、对于女性除了外表的评断之外，完全缺乏理解，似乎浑然不知一个人的外表会散放许多复杂的讯息，必须去解读，去和内在的性格、感受或思想对应。他们明显地对于人完全没有想象力，却因此可以高谈阔论，每一句话都以极度自信、傲慢的方式说出来。

芥川龙之介一直在提问题，一直刺激我们保有疑惑、随时战战兢兢地思考：这个人到底是谁？他脑袋里在想什么，心里在感受什么？还有，你自己呢？你够勇敢诚实，能面对自己的思想和感受吗？当你躲在棉被里，认为没有人在检验你、评断你的时候，你会对自己承认，喔，当时在葬礼上我的眼泪不是为了死者而流的，而且你会意识到，就像《枯野抄》中的场景一样，那么多参加葬礼并流下眼泪的人，恐怕每个人悲伤的理由、得到的刺激都不一样吧？

那才是人，那才是人性。

疯狂的《河童》与《齿轮》

芥川龙之介在昭和二年，一九二七年的七月二十四日自杀身亡。他生命中的最后一年，无论从任何角度、用任何标准去看，都很奇特的是：他一直维持着旺盛的创作力，写了许多作品，而且写出了和之前很不一样的作品。

差不多在自杀前半年，他写了三篇无疑的杰作，而且三篇是彼此关联的。稍早些发表的是《河童》，写了一个庞大的寓言故事，但却是从精神病院开场的，设定为一个精神病患在述说故事。这个人将我们带进一个和现实完全不同的国度，和一般人类社会形成了反差对比。

《河童》里写了一个"反世界"，在那里一切都和我们熟悉的世界相反。不过芥川龙之介没有用天真、简单的方式来表现"相反"，小说中最精彩的不是故事，而是将重点放在刻画河童的世界与人的世界间的关系上，要求读者去思考、去破解。

稍晚一点，另有一篇《齿轮》，已经来不及在他去世前发表，标题同样指向疯狂的状态，因为这位叙事者会不断见到幻影般的巨大齿轮，而且还是透明的齿轮。

《河童》的写法仍然考虑到读者的现实立场，采用了外在的叙述声音，由他来转述精神病患的说法，让读者可以安全地假定这个河童的世界纯粹来自疯狂想象，并不是这个人真的有过那种每到晚上就有河童来找他的经验。当他说：看啊，黑色的玫瑰花就是他们送给我的礼物，现实里并没有黑色玫瑰花；当他拿起书来朗诵书中的句子，叙述者却告诉我们他拿的是最新版的电话簿。

叙述者代表我们，替我们做了判断：这是一连串的疯狂呓语。然而到了《齿轮》中，这种现实理性的介入消失了，小说就是由一个疯狂的叙述者诉说的，我们再也分不清什么是别人也能经验到的现实、什么是他的想象，两者之间的界限要如何划分。

"疯狂书写"在十九世纪的西方文学中很重要，并不是芥川龙之介发明的。然而他在疯狂书写中加入了一个特殊的层次，那就是《齿轮》的叙述者有时会意识到自己的疯狂，而试图去分辨什么是真实、什么是幻影，然而他的分辨常常更让我们感到毛骨悚然。

例如，小说开头先说了关于穿着雨衣的鬼魂的传说，感觉上很明显是虚幻的，然而后来却出现了现实中叙述者的姐夫卧轨自杀的事件，而他死时身上穿的就是雨衣。在这样的疯狂书写中已经没有了作为读者的我们一般认定、要求的叙事者与其所叙之事间的距离。

《齿轮》呈现了离开正常理性的情况下的生活。我们一般视为理所当然，不用问、不用怀疑的许多现象，那些构成"生活"的必然细节，在这个情境中失去了稳定可靠的性质，因而使得我们在阅读过程中感到极度不安。

宗教的意义

《河童》里写到的一段情节，放在《河童》中当作寓言来读会觉得很有趣，然而转换到《齿轮》的情境里，就变得恐怖了。

在《河童》中，芥川龙之介的写法是介绍河童国度里也有各式各样的宗教，而最为主流的是"生活教"。去过河童国的人曾经参观过"生活教"雄伟又庞大的教堂，依照他的描述简直像是高迪在巴塞罗那盖的圣家族大教堂一般了不起。他在教堂中遇见了长老，长老在神殿为大家介绍，居于最中心位置的是一棵"生命之树"，旁边罗列着这个宗教所崇奉的一个个圣者。

"生命之树"的重点在于要让人接近自然，而最特别的是罗列着的圣者，每一个都是人，不是河童。这是个寓言，引发我们思考：为什么河童的"生活教"崇拜的都是人类的艺术家，这种姿态反映出什么样的生活价值？也刺激我们反思：我们自己又在生活上崇拜什么样的对象呢？我们如何选择值得崇拜的对象，我们和崇拜对象之间是什么样的关系？

长老担任向导带他们走过了神殿，却偷偷告诉他们："其实我也不太相信这些。"

从《河童》中读到"生活教"的描述，我们觉得蛮有趣的，但如果对照《齿轮》中的反省，却会体认到这中间的一个深刻质疑：你活着，过一般日常生活时，到底相信什么？《河童》的世界作为一个"反世界"映照出我们自己这个世界里的信仰，非但不是让人面对生活，反而是鼓励人、帮助人逃离生活。

人类历史中有组织的宗教，最主要的功能是处理死亡——人最害怕的，最难掌握、处理的一件事。宗教提供了关于死亡的解释，并且制定了一套面对死亡的仪式，加强了对于死亡意义的固定认知。这些宗教教义所提供的安慰有一个大致相同的方向，就是让人相信有死后的存在，而且死后的状况比当下现实更好、更重要。于是在帮助人不害怕死亡的过程中，这些思想、教义提供了另一种想象的存在形态——因为是想象的，所以可以比现实更诱人，引导人不害怕死亡，将人带离现实，进而使人轻忽现实。

绝大部分的宗教都告诉人们现实不是一切，现实是比较劣等的情况，相较于现实，有另外更好、更美，甚至更真实的领域，等着我们在获得灵魂启发后，或在死后可以去到。而《河童》中"反世界"的宗教却要肯定现实生命、肯定生活。芥川龙之介又以质疑的态度更增添了这部分思考的暧昧性。

我们这个世界的宗教组织化了之后，信仰变成了教条，于是表面上的成功，众多的信徒、雄伟的建筑，还有备受尊敬的教会，必然会带来这个组织内的虚伪、腐化。就像天主教罗马教会的历史所显现的，当千万人匍匐在至高地位的教皇面前表现虔信态度时，画面中心的教皇拥有权威与财富，他反而往往是最没有真实内在宗教信仰的人。

还有，如果真的建立了一个"生活教"，宗教的内容就是生活，没有生活以外的东西让人们去追求，你会相信这样的宗教吗？你会觉得"生活教"可以让你的人生有意义吗？

第四章

自传性质的
《呆瓜的一生》

人生不如一行波德莱尔

一九二七年六月，自杀前一个月，芥川龙之介又写了《呆瓜的一生》（我用金溟若先生的译名）。写完之后，他将这篇作品交给了高中时的同学，曾经一起参与《新思潮》两度复刊的久米正雄，附上了一封信，将是否发表这篇作品、在何时及在什么刊物上发表，都交由久米正雄决定。只是加了这项保留："你应该知道稿子中描写的人物是谁，但希望在发表时不要予以解说。"然后他说：

> 我现在生活在最不幸的幸福之中，然而奇怪的是我没有后悔，只是觉得有我这样的一个人作为丈夫、作为儿子、作为父亲，这些人真是倒霉、可怜。再会吧。我在这篇稿子里至少没有打算要有意识地替自己辩护。最后我想说的是，我之所以把这篇稿子委托给你，是因为我觉得你比任何人都更了解我（在剥去了城市人这一层外表之后的我），所以就请你取笑我在这稿子里面的傻样子吧。

很明显，芥川龙之介是将《呆瓜的一生》当作遗书来写的，而作品中的"呆瓜"当然就是他自己。

这篇作品不太像小说，采用了比较接近散文诗的形式，一小段一小段的文字中透显出强烈的诗的意趣。在他自觉即将离开人世之际，在清醒与疯狂的交界点上，自己选择了三十多年生命中的一些片段，借由写作赋予它们意义。

《呆瓜的一生》和前面的《河童》《齿轮》都在表现：到了生命中的最后一年，芥川龙之介收拾、整理了自己真的相信什么，又如何看待自己的一生。三篇采用的形式却都不一样，《河童》是寓言，《齿轮》是放纵的疯狂书写，另外有散文诗般的《呆瓜的一生》。

从精神医学的角度看，这时候的芥川龙之介出现了清楚的被害妄想症症状，经常有幻视、幻听带来的恐慌。然而他却一直保持着极强烈的创作冲动，一路维持到最后没有停歇。在他死后仍然不断有遗稿发表。

这显示了到临死前，他都觉得需要和这个世界沟通，向这个世界解释自己是谁、在想什么、在做什么。这三篇作品源自如此奇特，既绝望又充满活力的矛盾情境，让我们清楚地感受到他内在真实的挣扎。他的冲动如此强烈，以至于任何单一的形式都不足以承担表达的任务，他需要将同样的内容放进不同的形式载体，反复说了三次才够。

在死前狂乱的状态下，芥川龙之介还能完成这些作品，真的很了不起。像是《呆瓜的一生》中的每一段都有一个标题，并且加上了一个确切的时间，那是他生命中的一个切点。他二十岁时最早切了第一段，这段的标题叫"时代"。

他活在一个什么样的"时代"？那是一个精彩的时代，时代决定了他如何追求、如何相信。他表现时代带来的感动，方式是选择书店作为场景，在一间书店的二楼，二十岁的"呆瓜"站在梯子上寻找新书。然后一连串的名字出现了：莫泊桑、波德莱尔、斯特林堡、易卜生、萧伯纳、托尔斯泰……

天色渐渐变暗了，他依然专心地看着一本一本书背上的名字，排列在书架上的，与其说是书籍，还不如说是这个世纪末的时代本身。尼采、魏尔伦、龚古尔兄弟、霍普特曼、福楼拜……他和渐暗的光影搏斗着，一个一个数着这些人的名字，但所有这些书都沉入忧郁的黑暗中了，他也终于失去了耐心，正打算要从梯子上走下来时，突然头顶上一盏没有灯罩的灯，赤裸裸的灯泡亮了起来。

他伫立在书梯上，回头看，从他的高度，在刚刚得到的亮光中俯视着在书籍间走来走去的店员与顾客，发现他们如此瘦小、如此寒酸。这时一个句子突然出现在他脑中，多么惊人的句子，后来被引用过千百次的句子：

人生不如一行波德莱尔。

起了白斑的疯狂世界

将之和《地狱变》《河童》《齿轮》放在一起读，我们可以更精确地理解这句话。芥川龙之介要告诉我们：生活没有那么值得珍爱，因为一般的生活没有经过艺术整理、转化，平庸、松散、一团混乱的生活是极度贫乏的，所以他用了夸张的比较——"人生不如一行波德莱尔"。

重点不在波德莱尔，更不在哪一行波德莱尔，而是那种艺术的态度、艺术的成果。芥川龙之介以一生的力量追求艺术，才会在《地狱变》中追问艺术的意义与代价。各方面都极其不堪的良秀，却完成了具有超越性的艺术作品，于是他人生中的其他一切都不重要了，都可以被忽略、被原谅，良秀的人生的确不如那幅留下来的"地狱图"。

而芥川龙之介所感知的那个时代，明治后期到大正年间，最大的特色就是人被这些书籍、这些思想与艺术的成果包围着、冲击着，因而得到完全不同的新鲜眼光。站在梯子上，一边是十九世纪末的具体代表，欧洲文化的发展让人离开了现实简单的存在，得以朝向一种艺术的可能性变化；他沉醉在这种异质的环境中，一直到灯光亮起，提醒他还有另一边的存在。从这边到那边，那是太大的落差，价值的落差。

接着第二段的标题是"母亲"。母亲是他生命中最大的阴影，在芥川龙之介出生之后没多久就发疯了，被送到精神病院，这使得他有了不正常、不一样的身世。他住到舅舅家去，从小便常常想：如果母亲没有发疯，如果自己没有改姓芥川，那会如何？在改姓为芥川的现实之外，始终还有另一个自己，活在想象的平行时空里，不断地提醒他既有的人生不是唯一的，不是必然的。

母亲投射的另一片庞大阴影，则是他会不会步上母亲的后尘，也患上那么严重的精神病，也被送进可怕的精神病院里去度过余生。尤其是他年岁渐长后，开始出现各种征兆，显示他的精神状况不完全正常，他和母亲之间这一忧郁的联结，变得愈来愈强烈。

他写的"母亲"，场景就是精神病院：

病患们一律都穿着深灰色的衣服，本来就宽大的房间因而显得特别地忧郁。有一个病患坐在风琴前面，一直热情地弹着赞美曲，另一个病患在房间的正中央，与其说是在跳舞，不如说是狂热地、反复不停地转圈圈。他（呆瓜）跟一个面色红润的医师看着这个景象，他的母亲在十年前和这些人完全一样，实际上他已经从这些人的气味当中，感受到了他自己的母亲。医生问他要走吗，医生先往前走，沿着走廊走进一个房间。房间的角落里摆着一个装满酒精的大玻璃罐，里面浸泡着几个大脑，他在一个大脑上发现了一点白色的东西，好像蛋白粘到上面。他一边跟医生谈话，一边又想起自己的母亲，医生就跟他介绍说，这是某某电灯公司工程师的大脑，他一直都认为自己是一座黑亮的大发电机。他为了躲避医生的眼光，看着玻璃窗外面，外面除了插有玻璃碎片的砖墙之外，没有任何别的东西，但是稀稀疏疏的青苔显现出淡淡的白。

这是对于母亲在精神病院去世后，医生要带他去看遗体过程的回忆。他对母亲很陌生，难以记忆，甚至难以想象，他只能悲哀地从这些精神病患的异常行为中，去感知母亲。然后他看见了被封存起来、拿来做研究用的大脑，医生要检验脑中究竟发生了什么样的病变，看过了染着白点的病人大脑，他往外看，发现那一面砖墙，将精神病患禁锢起来的墙，上面还插着玻璃碎片，长了青苔的墙面上显现出和病脑相应的点点白斑，仿佛那个脑的病变感染了墙，或更像是脑的病变感染了他的知觉，让他眼中到处是病态的白斑。

芥川龙之介经常意识到自己的生命源自发了疯的母亲，因而也意识到自己很有可能会发疯。带着这份自觉，他会在所看到的世界间敏感地检查他是否有了疯狂的迹象。

阴郁的向岛樱花

第三段的标题是"家"，"家"对他来说也是个不稳定的地方。"他原先居住在郊外一栋两层楼的房子里，由于地盘松软，所以那个房子奇妙地倾斜着。"

然后他提到了"阿姨"，这是母亲的大姐，没有出嫁，一直留在娘家。芥川龙之介小时候被送到舅舅家，这位阿姨就成了他主要的照顾者。阿姨没有自己的家庭，又怜惜妹妹发疯后留下的这个小孩，所以很疼爱他，但阿姨的爱成了芥川龙之介后来最大的拘束。他年轻时的第一段重要恋情中，他爱恋到希望能够与之结婚的对象，却遭到了阿姨的强烈反对，使得他最后只好放弃。

芥川龙之介之所以能在作品中探索人性的复杂，一部分也是因为在他成长过程中，有许多吊诡的切身经验。例如应该和他最亲近的父亲，却对他做了最残酷的事，那就是放弃他，收回了自己的姓氏，将他交给舅舅，跟着舅舅姓，变成了舅舅家的儿子，而父亲还认为这是为了他好。又例如那么疼他的阿姨，成长过程中全世界对他最好、最关心他的人，却因而带给了他情感上最大的灾难，让他体会到最深切的悲哀。

爱一个人有那么容易吗？要对一个人好有固定的方法吗？在人与人的互动关系中，主观与事实会随着复杂的情势条件、复杂的人情反应而产生种种扭曲变化。如果停留在自己的主观上，只了解自己的动机，你永远不会了解人，人不会依照你的主观活着，在互动中的关系效果不会总是符合你的动机预期。

阿姨如此进入芥川龙之介的回忆：

他的阿姨在这两层楼里经常跟他吵架，也因此使他的养父母——事实上就是他舅舅跟他舅妈必须经常出面仲裁，

117

但他从他的阿姨身上感受到了最深的爱。阿姨一生独身，在他二十岁的时候，阿姨已经年近六十，他在二楼的房间里经常思考这样的问题：相爱的人就要相互使对方痛苦吗？这时候他总是感觉到令人恐怖的二楼的倾斜。

他二十岁时为了恋爱对象，而经常和阿姨吵架，以至于他有了错觉，好像这栋楼之所以倾斜，是爱一个人激发出的巨大拘束力量造成的。

第四段是"东京"，芥川龙之介选择从行驶在隅田川的小汽船上看东京。现在去东京的观光客很少会去搭隅田川的游船，因为航程的两岸实在没有什么太精彩的风光，不过从历史怀旧的角度还是值得去体会一下，因为隅田川沿岸曾经是最早受到西方文化影响、改造的"异人区"，也是夏目漱石、谷崎润一郎、芥川龙之介他们熟悉的地方，是他们作品中经常出现的背景。

从行驶中的小汽船窗户往外看，这是樱花盛开的季节，但当他看向开满红花的河中沙洲"向岛"时，所感受的却是河水混浊，红花看起来像挂满了瀑布般阴郁。在那一刻，他从江户时代起就已经很有名的"向岛樱花"中发现了自我——别人认定的亮点、光彩，带给他的却总是阴郁。

在《河童》所显现的"反世界"中有一段描述，一位音乐家的作品被乐评人痛批，朋友特别去安慰音乐家，告诉他："其实你的作品很好啊，不必理会评论家胡说八道。"听了安慰之语，音乐家哭了，他说："你们看不出来吗？乐评人是对的啊！我的作品有问题，是你们错了啊！"

这讽刺地显示了在我们的世界里，作为一个艺术家，如果你在意的不是艺术本身，而是艺术能带来的光彩，那就需要许多自欺，包括不接受任何负面的意见。而且你身边的人会形成共犯圈，或用我们今天的流行语说，就是同温层，来帮助你摆脱负面意见，用往往他们自己都不相信的话安慰你。

芥川龙之介和一般人的不同之处就在于，他努力抗拒这样的光彩诱惑，看见向岛的樱花，他没有理所当然地和大家一样惊叹红花的光彩，而是意识到了漂亮、华丽只是外表，看见了内在的阴郁，那份阴郁才是他独特的自我感受。

《呆瓜的一生》的橡胶树

所以下一段的标题就是"我"。他和一位前辈在一家咖啡馆里相对而坐。文中并没有写明前辈是谁，不过从其他资料我们确切知道那是谷崎润一郎。

咖啡馆里"我"不停吸烟，很少说话，热心倾听对方所讲的。那个时候谷崎润一郎已经成就了"唯美派"或"耽美派"代表作家的名声，而且相对于芥川龙之介，显然是比较外向、比较爱说话的。

前辈在谈话中提到自己今天坐了大半天的汽车，"我"这时才插嘴问："是有什么事吗?"前辈用双手支着下巴，极其随意地回答："没有，只是想坐而已。"

　　前辈如此不经意的一句话，却"将我解放到一个陌生的世界，那是与诸神接近的我的世界。我感觉到一种疼痛，同时也感觉到欣喜"。他形容咖啡馆很小，但是在镶嵌着牧羊神像的镜框底下摆着一个深红色的花瓶，橡胶树在其中低垂着肉质厚厚的树叶。这里出现了橡胶树，在《呆瓜的一生》中，橡胶树会反复出现，那是一个重要的象征。咖啡馆明显呈现了异国情调，和前辈的话语共同建构了一种离开现实的气氛。

　　他的疼痛与欣喜来自体会到人本来就可以没理由地花大半天时间去乘车，不断在路上，将一般作为去某地的手段，变成目的。"我"可以如此不受拘束，而且也只有在这种不受拘束的情况下，才会确定知道自己要做什么，随着这样的心意去做，那才是"我"。这种体会当然带来欣喜，但不会是纯粹的欢愉，必然同时带来背离常轨的压力，不过这份痛苦也是欢愉的一部分，靠着痛苦使人离开固定的"手段－目的"关系，离开了习惯的生活，得以探触到自我。

　　再下一段是"疾病"，带点梦幻的情境——在不断吹拂的海风里翻开英语大词典，用手指头指着一个一个词。他翻到的是 t 开头的词：

talaria——带有护翼的凉鞋；tale——故事；talipot——生于东印度的一种椰子树，树干高达五十至一百英尺[1]，叶子可以拿来做伞、做扇子、做帽子，七十年开花一次……

看着这个植物的名字，他的想象中清晰地出现了七十年才开一次的椰子花，接着他的生理上有了奇特、强烈的反应，喉咙空前地奇痒，不得不将一口口水吐出来，吐在词典上。

如此强烈、不自主的反应来自时间，相较于想象之眼所见到的这朵花，人的生命、自己的生命何其短暂。这种植物可以一动不动站在那里，等待七十年才开一次花，那样的时间几乎是静止的，几乎失去了流动性，失去了我们人生会感觉到的压力。

这段同时显现了芥川龙之介的特殊能力与习惯——他随时在动用想象力，甚至阅读词典时，一个词的简单定义、描述，都可以引动他的想象，带来强烈到身体产生不自主反应的感受。

第七段则是"绘画"。文中形容他站在书店里看着凡·高的画册时，突然对于绘画这件事有了理解。画册上的复制画面已足以让他感受到鲜明深刻的大自然，更新了他看这个世界的方式。受到画的影响，他不知不觉中开始去观察树枝的弯曲形状，以及女性丰满的脸颊。

在一个秋雨过后的黄昏，从郊外的铁路栅栏边走过，栅栏

---

1 一英尺约为三十厘米。

对面有堤防，堤防下停着一辆马车，他走过去时突然觉得在他之前，有人已经先走过这条路了。那是谁？在他二十三岁的心里，自动地浮现出那个割掉自己耳朵的荷兰人，正叼着大烟斗聚精会神地凝视着这忧郁的风景。

这是一种神奇的视觉启蒙经验的记录。他不只是欣赏凡·高的画，而是透过凡·高描绘景物的方式，意识到自己从来没有认真地好好观察。运用自己的眼睛看到那些被凡·高提醒了的细节，原本习惯无意识瞥过的形状、色彩，现在变得有意义了，也添加了主观的感受。

换上了这样的眼光，现实中是芥川龙之介的眼睛所见，然而选择看见什么、如何看却被绘画作品改造过了，所以现实里那片有马车停在堤防下的风景，瞬间变得好像是凡·高作品中会有的画面。那瞬间，他很自然地替换上凡·高的眼睛来看周遭的环境，注意到了原本不会注意、不会有印象的画面。

生命的绚丽与脆弱

再下一段是"火花"，是我年轻时最喜欢的一段，喜欢到一度将金溟若的译文都背了下来。那时候单纯就是喜欢，无法解释这段好在哪里。

开头描述他冒雨走在柏油路上，雨愈下愈大，他在雨水里闻到从雨衣上冒出来的橡胶的味道。橡胶又出现了，这次是以浓厚的气味出现的。那个时代的雨衣是使用橡胶涂料材质来防水的，因而那股气味常常在记忆中和下雨的情景结合起来。

眼前出现了空中的电车电线。那个时代的电车是靠空中连绵不断的电线提供电力，电车顶端有一个接连电线的支架。雨中，架在空中的电线闪了一下，发出了紫红色的光。

他莫名地激动起来。在他上衣口袋里装着在这一期同人杂志[1]上发表的稿件，他一边冒雨前行，一边回头又看了一眼那条电线，电线还在发出激烈的火花。他环视周遭，想不到有任何他特别想要的东西，但是唯有这紫色的火花，这在空中凌厉爆发的火花，哪怕付出生命，他都想要去换取。

当我读这段文字时，还没有看过这种电车。几年之后我到了美国，在波士顿的街上第一次看到牵拉电线的街车时，虽然是个秋日的晴天，在我眼前立即出现了阴郁的雨，雨中奇幻的紫光从电线上爆跳出来。那不是我自己的眼睛在看电车，而是换上了芥川龙之介的眼光，得到那份美的感动。

这段那么吸引我，现在知道了，是因为它触及了极其简单却又重要得不得了的问题：你到底在生命中要什么？你如何决定在生命中要什么？而芥川龙之介提出的一个答案，或是思索答案的提示，是吊诡的：任何你讲得出道理去拥有和追求的，都不会是对的、好的答案。

---

1 同人杂志：志同道合的人成为小群体后创办的杂志。

人生最特别、最珍贵的，就在于会有那种诗意的瞬间，完全不预期的现象对你产生了强烈的吸引，因为是不预期的，你没有理由要去追求，所以这个瞬间带给你离开预期的自由。紫色的火花让他摆脱了所有的道理、所有的必然，得以"解放到一个陌生的世界、一个与诸神接近的我的世界"里。

再下一段源自芥川龙之介人生中一次奇特、极端的经验。标题是"尸体"：

> 所有尸体的大拇指上都用铁丝拴着一个名牌，上面写着姓名跟年龄。他的朋友弯着腰，正用手术刀非常熟练地开始剥下一具尸体的脸皮，皮肤下面是美丽的黄色脂肪。他凝视着尸体，这对于他要完成的一篇短篇小说，一篇以平安时代为背景的短篇小说，是完全必要的。

他为了要写像《罗生门》那样的一篇小说，为了描述在城楼上堆着的腐化程度不一的多具尸体，尸体败坏后显露出内在的模样，所以去看解剖尸体，以便取得精确的认识。

但尸体发出像杏桃烂掉般的臭味，使他心情恶劣。他的朋友紧皱眉头，沉着地动着手术刀。然后朋友就说了一句话："这一阵子，连尸体都不够。"他仿佛早就知道会有这么一句话，甚至在心里已经准备好了响应："要是尸体不够，我就会没有恶意地去杀人。"

那么杀人变成是有理由的，不需要出于对死者的恶意，而是为了解决尸体短缺的问题。这是疯狂的态度吧！而要进一步了解这话中的隐喻作用，我们又必须对照参考《河童》。

在《河童》的"反世界"里，他们处理失业问题的方式，是将失业的劳工统统吃掉。还有，河童很容易就会死，有时候只不过是因为被骂了："你是只青蛙！"否定了他的河童身份，被骂的河童就开始想：我真的不是河童吗？我其实是一只青蛙吗？想来想去得不到答案，他就死了。

放在一起对比，我们就明了了芥川龙之介的悲郁。在这样的时代中，杀人、剥夺一个人的生命有那么难吗？河童世界里发生的事，不过就是将我们这个世界的戏剧性夸大表现罢了。我们的失业劳工，实际上也被这个社会用弃置不理、不救济的方式逼向死亡，这是抽象的、变相的制度吃人。在"反世界"中，不过是将本来抽象的，用具体、戏剧性的方式表达出来而已。

同样的，这个时代的残酷，在于人的生命被工具化了，为了更大的目的，人大可以被牺牲。这个社会需要的，从来不是更多的人。当崇高的医学体系需要更多的尸体，有什么理由禁绝以杀人来满足这项需求？

河童的生命很脆弱，于是也就很方便被消灭。和河童的世界相比，现实里那么多人都还活着，并不是因为他们的生命有意义、受到保护，而只是因为人命比较坚韧，不像河童，只需一点点小理由、一点点小力量就可以让他们死去。

另外一份反讽在于：河童之所以脆弱，源自那是个说真话的世界，所有的河童认真对待自己说的话，也同样认真对待别的河童说的话，不像我们有那么多虚话、空话、假话作为人与人之间的缓冲，所以我们不会那么容易因为自己说了什么，或因为在意别人说了什么就死了。

景仰的夏目漱石

接着是标题为"老师"的第十段。这位"老师"就是夏目漱石，是芥川龙之介最尊敬的前辈。他描述自己在巨大的橡树下，阅读老师的书，秋天的阳光照耀着，橡树的叶子完全不动。

为什么橡树、橡胶那么常出现？在芥川龙之介的象征系统中，橡胶代表热带南方的异国情调，和北国日本的阴郁寒冷形成强烈对比。另外橡树的叶子即使在风中都能维持不动，与周围其他摇曳、制造不定晃影的植物对照，给人一种永恒不变的错觉。

然后他用短短的一句话评论了"老师"的作品：

　　遥远的天空上，一杆垂着玻璃秤盘的秤在努力维持着平衡。

干净漂亮的比喻。浮在天空上，像云产生的变幻形状，出现了一杆老式的秤，一边是长杆和重重的砝码，另一边承载被称重物品的，却是透明的秤盘。从秤的显影到特殊的秤盘，都是不定、脆弱的，那当然能得到的，必定是不稳定的随时会消逝的平衡。

夏目漱石小说中描述的人间事物，如此不安定，在真实与虚幻的临界点上，然而他作品最大的特色与贡献，就在于仍然在努力寻找提供很难存在、更难维持的平衡。那样近乎知其不可为而为之的努力，又和橡树叶的稳定、永恒印象，互相呼应。

这是芥川龙之介对夏目漱石作品精简的诗意总结，因为用这样的诗意表现，我们可以轻易地记在心中，不管读夏目漱石的哪一本作品，都可以拿出来参考咀嚼一下，进而得到启发。

第十一段是"黎明"，延续着对于老师的感怀，换了一个很不一样的场景：

天色逐渐破晓，他眺望过城市街角一个规模很大的早市，熙来攘往的人群和车辆都染着蔷薇色的微光。

他点燃一根香烟，慢慢走进市场，这时候一条瘦小的黑狗突然对他吠叫，而他丝毫不吃惊，甚至喜欢这条狗。市场的正中央有一棵法国梧桐，树枝向四面伸展，他站在树下，透过树枝仰望高高的天空，在他的头顶上亮着一颗星星。天刚亮，星星应该要隐退，但这里留着一颗星星在天空上。那一年他二十五岁，是在见过老师的第三个月后。

很明显，描述的是夏目漱石对他的影响。一个新的时代像新的一天般将要展开熙攘的活动了，然而应该逝去隐退的前一个时代，那应该在早晨消逝的群星，却留着一颗依然亮着，穿过早晨的树梢让他得以仰望看见。虽然身处市场里，他的意识离开了这熙攘的现实，专注在市场中央别人（更别说黑狗）不会注意到的梧桐树上，凝视着梧桐树梢上、夜晚留下来的最后一颗星星。

第十二段是"军港"，背景是他到横须贺港去参观潜水艇，走进了潜水艇内狭小的空间。

潜水艇内很暗，前后左右全部挤满了机器，他弯腰看着小小的潜望镜，映在潜望镜里的是水面上明亮的军港的景象。一个海军军官对他说："你也看得到旁边的金刚号吧。"他透过四方形镜片眺望镜里很小的军舰，莫名其妙地想起了欧芹——配放在一份三十元的牛排上散发出淡淡味道的欧芹。

那个时代，从西方传进来的各种事物很容易在印象中彼此混杂。从那么逼仄狭小的空间里，透过潜望镜竟然看到停泊在旁边的军舰，一切衡量尺度错乱了，从视觉混入嗅觉，莫名其

128

妙地、完全不自主地想起了牛排上的欧芹，在这两者间建立了因果连接。

这是波德莱尔在散文诗集《巴黎的忧郁》中开发出的特殊写法，用来显现巴黎都会生活的错杂刺激，事物不会再以传统的缓慢步调靠近人，让人有足够时间选择、整理才进入意识中。新的都市生活现象创造出来不及消化、实时的直觉，自己都不见得能解释的感官感受。这也就是到了二十世纪被认为是以非理性联想来探索、表现潜意识的一种写法。在芥川龙之介的描述中，显然进入潜水艇成了进入自身潜意识的象征，在那里，感官依循的就不再是理性的逻辑了，而是换成了暧昧的联想刺激。

夏目漱石之死

再接下来这段，写了"老师之死"。

他在雨后的风中，走在一个新的站台上，天空仍然昏暗，三四个铁路工人在站台对面一起挥动着铁锹，高声不知道叫着什么，雨后的风把他们的叫声和情感吹得四分五裂。他把香烟叼在嘴里，却没有点火，感觉到一种近乎愉悦的痛苦，口袋里还塞着老师病危的电报。这时候一列早晨六点上行的火车，从长满松树的山背后拖着淡淡的白烟，扭曲般地朝这里驶来。

　　看到标题，我们当然会想起他描述松尾芭蕉在弟子环绕下死去的情景。表面上弟子们痛苦哀伤地面对老师之死，然而复杂的内在却绝对不止于痛苦哀伤。可以这样吊诡地说，如果只是痛苦哀伤，就不会那么痛苦。真正最强烈的痛苦绝对不会只是痛苦，太痛了会产生对于痛苦逃避与扭曲的本能，如同我们平常想到火车都是一长列直直地行驶，以至于看见正转弯的火车，会有一种不真实的扭曲之感，甚至仍然固执地认为火车该是直的，是周围的环境被什么奇幻、可怕的力量扭曲了。

　　收到夏目漱石病危的电报，给他带来了这样"近乎愉悦的痛苦"，比单纯的痛苦更痛苦的感觉，应该也就是这段强烈到足以扭曲现实的经验记忆，使得他能够写出芭蕉之死那样不同的复杂情境，将自己曾有过的种种感受，分配给芭蕉的好几个学生。

　　接着是"结婚"。这又是他人生中重要的场景，但他的切片描写方式，却延续了前面的痛苦主调。

　　他在婚后的第二天抱怨妻子："你一来就这样大手笔地花钱，这怎么行呢？"其实，与其说这是他的不满，不如说这是他阿姨逼他去说的抱怨的话。于是他的妻子不只对他，也对他的阿姨道歉。他面前摆着妻子为他买的黄水仙花盆。

就只有那么一小段，却集合了他一生中的几个重要元素。结婚第二天，新婚妻子特地去买了要给他的水仙，却遭到了抱怨责骂。不是出于他自己的不满，而是为了阿姨。终身未婚、悉心照顾他长大的阿姨，也像宠爱儿子的母亲一样，对于他娶的妻子抱持着高度嫉妒敌意，要从确定"这个外甥不会那么爱妻子"中来获得安全感，作为对自己付出的肯定。才第二天就发生这种事，这样的婚姻不可能有什么光明幸福的前景。

再下面第十五段用只有两行的篇幅讲他和太太的关系：

他们和睦地生活着，在宽大的芭蕉叶下，因为他们的家位于从东京坐火车也需花上整整一个小时才能到达的海边城镇。

只有当他们离开了东京，去到很远很远的地方时，才有办法和睦地生活，也就等于说，所有在东京的时间中，他们都在阴影下无法和睦生活，这是他对婚姻最主要的印象与记录。

沾上蝶翼鳞粉的唇

第十六段，标题是"枕头"，也很短：

> 他枕在散发着蔷薇叶气味的怀疑主义上，阅读阿纳托尔·法朗士的书籍，但是他没有意识到这枕头里也有人头马身。

这是模仿法朗士的写法。十九、二十世纪之交，法朗士不只在法国，在日本、中国都有很多读者，带来了强烈的象征主义、野蛮主义风格的影响。法朗士也曾得过诺贝尔文学奖，当时被视为理所当然、实至名归，但现在他却被大部分人遗忘了，只有一部作品《苔依丝》稍多一点人知道，不过还是因为这部作品被马斯涅改编为了歌剧，剧中有一首大受欢迎的间奏曲《苔依丝冥想曲》经常被演奏、录音的关系。

法朗士为什么会如此被遗忘？主要的原因在于他太法国了，他的姓就是 France，所以在英国、德国、意大利等国他就没有那么受到重视。会影响亚洲，反映的是那个时代浪漫主义的狂潮席卷下，人们对于法国的一种特殊向往。在中国，从最浪漫的徐志摩，到温和的夏丏尊，他们都读法朗士，经常在作品中引用法朗士。

芥川龙之介特别凸显了法朗士的怀疑主义。这是二十世纪现代主义的一个潮流，处于变动环境中，形成了不断怀疑一切的动态立场。芥川龙之介形象地描述自己睡在怀疑主义的枕头上，意味着能让他入眠休息的，不是信仰，而是怀疑。不过怀疑主义有其限度，一旦他抱持着怀疑态度入眠，也就忘了要继续怀疑这块枕头里究竟装了什么。

这是彻底怀疑的精神，连怀疑主义本身都不能逃过怀疑。

第十七段是"蝴蝶"：

　　一只蝴蝶在弥漫着海藻气味的风中，在海边翩翩飞舞。他有一瞬间感觉到蝴蝶的翅膀接触到自己干燥的嘴唇，但是抹在他嘴唇上的翅膀的粉、蝴蝶翅膀上面的粉在几年之后依然发光闪亮着。

这一小段也很精彩，比较容易理解。这是二十世纪现代诗中经常使用的手法，重点在于混淆，甚至打破对于时间久暂的分辨。现代生活的一项特征，是物理的时间统一了所有的时间，客观的、可以用时钟统一表现的时间，成为唯一被认可的时间。物理的时间很容易分出久与暂，一分钟比一小时短暂，又比一秒钟长久。但依照海德格尔哲学的提醒，这种物理时间不是真实的时间，不是存有的时间，我们不是依照这样的久暂公式在感受时间，而是存在式地体验时间。

时间的本体，其实没有固定的长度，物理性的衡量反而是对于时间的一种扭曲。所以文学、艺术，尤其是诗，要帮我们还原在现代中失落的真实时间，以真实的存在去接触时间，抗拒物理时间的统治。与蝴蝶的接触只有一瞬，但那一瞬可以不断延长，没有极限，超越众多被遗忘的、没有留下任何体验的时间，仿佛那翅翼上的粉一直留着，而且统合了触觉与视觉，多年之后没有消退，可以继续让自己脱离既有的主客观区隔，可以看见自己的嘴唇因为这个神奇经验而发亮。

飞翔的思想

从第十八段"月亮"开始，芥川龙之介让他曾经遇到的一些女子登场。

> 他在一家饭店的楼梯上，与她邂逅，那个女人的脸在白天也仿佛沐浴着月光，他目送她走去，他们素不相识，感受到前所未有的寂寞。

这也是在物理时间上的短暂瞬间发生的，不过就是和一个从来没见过，以后应该也不会再见到的女子在饭店的楼梯上错身而过。然而那女子带给他一种特殊的感受，于是就变得难忘，拉长了经验的时间性。明明是白天，而且是在室内，那名女子的脸上却散放着月光般的特殊明亮。那种不预期的美，不只吸引了他的注意，而且让他顿时产生了一种对于美的归属感，又立即吊诡地因为认知到那美将在眼前彻底、永远消逝，而有了最强烈的失落感。

下一段标题是"人造翅膀"，用了神话的比喻：

> 他从阿纳托尔·法朗士转向十八世纪的哲学家，但他无法接近卢梭，那也许是因为他自己有容易感情冲动的那一面，这和卢梭非常接近。

离开法朗士那样介于浪漫主义和现代主义间的风格，他想要接近理性主义，所以卢梭对他而言还是太浪漫、太强调直觉与感情冲动了。他转而选择了"他自己的另外一面，富有冷静、理性的一面"的哲学家。

他选的是赣第德。赣第德不是真实人物，是伏尔泰创造的剧中人物，他极度理性，通过自认的理性推断，他相信所有存在的都是好的。他所显现的忠厚或愚蠢，是这出戏的主题。芥川龙之介觉得这最接近自己二十岁时的心态。

等到他二十九岁时，去读了之前不敢读的卢梭，从而发现卢梭的热情与冲动真的和自己很像，因而感到恐惧，转而去读伏尔泰，希望那样的作品能够平复、压抑自己过多的冲动：

他二十九岁，人生看不到光明。但伏尔泰给了他一副人造翅膀，他展开这副人造翅膀，轻松地飞上天，同时沐浴着理智之光的人生悲欢，沉入他的眼睛下面，他把冷嘲热讽扔在破破烂烂的城市上，在无边无际的天空中一直不断地向太阳攀升，忘掉了古代希腊人也这样展开人造翅膀向太阳飞去，结果翅膀被太阳烧毁，坠海而死的故事。

他用了古希腊神话中代达罗斯的故事。他是个巧匠，以无与伦比的技术用蜡做了翅膀，让自己和儿子伊卡洛斯得以飞到空中，然而兴奋的儿子在飞行中忘记了父亲的警告，愈飞愈高，愈来愈接近太阳，身上蜡做的翅膀熔化了，从空中直坠下来丧失了生命。

芥川龙之介以此检讨自己人生中曾经如此依赖理性的经历，以为能够借着理性来分析人世，从理性上睥睨人间，因而愈来愈远离生活，被理性拉向致命的疯狂。

第二十段是"锁链"：

他们夫妻决定和养父母住在一起，因为他已经下定决心要到一家报社去工作，一份写在黄纸上的合同，让他充满了信心。但后来仔细一看这份合同，发现报社没有承担任何的义务，只有他必须承担义务。

这是对照的。他做过努力，从愈飞愈高的危险中逆转回来靠近人世，和养父母同住并去找一个"正常"的职业。然而人世的基本性质是：用名为"保障"的形式，将人的意志与思想监禁起来，将人扣在重重无形的"锁链"拘束中。

走向疯狂

这一段读来像是极短篇小说：

> 两辆人力车在阴天静悄悄的田间道路上奔走，从吹来的海风可以知道这条路通往海边，他坐在后面的一辆人力车上，一边讶异着自己对这个约会地点竟然毫无兴趣，同时思考着究竟是什么样的东西把自己引到了这里来，这绝不是恋爱。如果不是恋爱，那会是什么？

一女一男两个人分乘一前一后两辆人力车，要去幽会，但男人却感到茫然，不确定究竟是什么力量将自己带进了这样的情境里，他知道那绝对不是爱情，但又不愿意去想、去承认既然不是爱情，那就应该是出于自己的强烈动物性欲望。

前面车上坐的是一个疯子的女儿，她的妹妹也具备同样疯狂的性格，因为嫉妒而自杀。他却被这样的女人吸引了，对这样的自己他感到极度憎恶，无法正面应对，于是只能让自己去想：至少自己和这个女人是平等的。意思是至少他没有卑劣到去欺骗一个疯子的女儿，占她的便宜。

两辆人力车从散发着大海腥味的坟墓边跑驶过，粘着牡蛎壳的木头围墙里面立着几座黑黝黝的石塔，他眺望着石塔那一头泛着微光的大海，突然对这个女人的丈夫——这个没有能够抓住女人的心的丈夫，产生了轻蔑的感觉。

这段就这样结束了。前面一段提到了，二十九岁时他生命中最大的危机，是无法压抑自身内在的疯狂倾向，就连理性最终都将他引导向疯狂。对于疯狂，他有了愈来愈强烈的着迷，既害怕自己会和生母一样发疯，又愈加接近疯狂。

他不爱这个女人，他也厌恶自己的动物性欲望，然而却还是和这个女人一起奔向"偷情幽会"，到底为了什么？他最不愿意承认的，却又否认不了——因为这是个疯子的女儿、疯子的姐姐，使他感受到无法抗拒的亲切。为了不让自己继续去凝视、思考这个可怕的事实，最后他只好找替罪羔羊，赖到那个女人的丈夫身上，轻蔑于他竟然看管不住自己的妻子，让他有机会这样和这个人的妻子一起幽会。

认真读过、体会过芥川龙之介，你会再也无法忍受任何通俗、刻板印象中对于疯狂的描述。我们没有权利污蔑、丑化疯狂，疯狂是复杂的，是有深度并有巨大力量的，没有亲身经历过被那种力量拖向深渊的人，对于疯狂最好保持一份带有敬畏之意的沉默。

还有一段标题是"某画家"，我们现在可以不必追究他是以当时的哪一位画家为描绘原型了。他说：

这是某杂志上的一幅插画，这幅画描绘的一只公鸡是用水墨画的，具有鲜明的个性，所以他向一个朋友打听这位画家，一周之后，这位画家前来拜访，这是他人生当中相当重要的一件事。他从画家身上发现了谁也不知道的诗歌，而且还发现了连他自己都不知道的他的灵魂。

人是如何接触到自己的灵魂，接触到自己内在最重要的部分的？谁也没有把握。在那片刻，他从一个完全不认识的画家的一幅作品、偶然的相逢中，竟然看见了自己最深刻的内在。对比这段：

一个微寒的秋日黄昏，他从一株玉米上突然想起这个画家，高高的玉米外面包着粗糙的叶子，神经一般非常细的一根一根鼓起来，裸露在土地上。这无疑是他的自画像，然而这个发现只会使他感到忧伤。

"已经晚了、太迟了，但是一旦关键的时候——"

这个画家给他的刺激，是让他思考要如何将自己画出来。如果将自己画出来，那么他会是土地上的一株玉米，过于纤细的神经暴露在外，充满了不安全、不安定的危险。他更深切地认识了自己，这认识引发了他的感慨独白，他知道自己已经越过了那关键时刻，生命的时间已经来不及了。

来不及挽回要自杀的决定。

濒死之心与疯狂文本

阅读《呆瓜的一生》等于是一段一段逐步跟随着芥川龙之介，走向他人生的终结，因而必然是愈读心情愈沉重。不过阅读时仍然有一份安慰，不会因而感到彻底的晦暗，感到人生不值得活。虽然我们明明知道他最后自杀了，然而在记录这趟朝向死亡的旅程时，他留下来的文本仍然不只充满了意义，甚至有一种只在这种真实存在挣扎中才有可能表现出来的华美与精彩。

我们因而懂得了要珍惜他的死亡，珍惜导致他走向死亡的疯狂。无论视之为启示或示范，芥川龙之介的文字都相反地刺激提醒了：如果有这些重要、值得珍惜的东西相伴，人生毕竟还可以继续赖活着。这是我的读法，当然相当程度上源自我的主观，不过这样的读法，应该同时是经得起积累对于芥川龙之介是一个什么样的人的认识的，可以回头在他的人生记录中得到印证，不是纯粹出于我自己的独断猜测。

《河童》《齿轮》《呆瓜的一生》应该一起读，可以用《河童》和《齿轮》来注解《呆瓜的一生》，然后再回头换成以《呆瓜的一生》来注解《河童》。《河童》的那个世界里，有一位哲学家，他写的书叫作《呆瓜的话》。两篇中的"呆瓜"，同是在又不在自己世界里的思考者，如此密切联结起来。

三篇之中最难读、内容最晦涩的，是《齿轮》。我们也可以在细读了《河童》《呆瓜的一生》之后，再进一步去解读《齿轮》。体会了芥川龙之介和疯狂间的关系，就能了解《齿轮》是一份离正常意识与正常生活更远的"疯狂书写"。在他人生最后的时间里，芥川龙之介经历了大地震，经历了姐夫之死，在迷乱状况下，他仍然试图借由书写找到足够的力量，让自己能够活下去。当然他失败了，而他的努力与他从失败到放弃的过程，无法用正常语言写下来的，他写进了这份特别的疯狂文本之中。

第五章

芥川龙之介的
文学理念

关于文学创作的真实性

夏目漱石是芥川自认的"老师"，谷崎润一郎则是他所看重的同时代写作对手。将芥川龙之介和这两位经典作家放在一起，我们可以另外觇知日本现代文学的一项重要动态。

那就是尽管他们的作品有着各自完全相异的风格，不过在一点上，他们却再接近不过，那就是他们都以反对当时流行的"自然主义"和"私小说"潮流作为写作的前提。

而芥川龙之介在反对"私小说"一事上，态度表现得尤其强烈，也提供了最清楚的立场说明。这中间牵涉文坛交往的一个偶然，当时高举"私小说"大旗的主要旗手之一，是芥川龙之介的好友久米正雄。前面提过，芥川龙之介自杀前，特别将相当于遗书的《呆瓜的一生》手稿，托付给久米正雄，可见两人交情之深厚。

久米正雄主张，文学最主要又最根本的就是两种形式——韵文和散文，韵文是一种主观性的文学，相对地，散文是客观性的文学。因而在用散文写成的作品中，"私小说"占据了至高的地位，因为"私小说"最诚实、绝不撒谎，具备了一种特别的、可以让读者充分信任的客观性。

"私小说"描写的，是创作者的真实生活，不管是不是用第一人称写的，只要具备这种真实人生的性质，就属于"私小说"，而和其他的"一般小说"区别开来。

芥川龙之介写过一篇近乎宣言式的文章，反驳久米正雄。到现在，经历了西方的现代主义潮流，我们很容易理解、很容易赞同芥川龙之介的立场。他将重点放在什么是"撒谎"上，艺术不能以是否"撒谎"作为评判价值的标准。

他举了一个很简单的例子：看看不动明王的雕像吧。这是从藏传佛教进入日本，成为日本佛教中许多人的信仰的神。在刻画不动明王时，最重要的标记，是他背后的一圈火焰。我们能够想象真实中存在这样的人，背后随时有这一圈火焰吗？这样的雕像当然不是生活中的"真实"，但我们不能不承认，我们知道，这是艺术，艺术就不是用撒谎不撒谎来定义的。

然后，芥川提出了另一个根本的问题：我们如何判断一位创作者写出来的内容是不是他的真实生活？"私小说"为了强调显现"不说谎"，刻意描述平常不会公开示人的败德、不堪行为或想法，以"揭露"自我来保证真实。然而芥川龙之介要问：所以作者就不能在作品中描写正直、高贵的人吗？因为他自己不可能活得那么正直与高贵，所以这样的内容就成了谎言吗？

应该不是吧！作者要写出正直的人生，必须先在自己心里产生关于正直、诚实性质的认知，换句话说他这份正直、诚实必须先存在于他的想象、认知中，并且和他自己的真实生活有某种对照或投射的关系。那我们又怎么能说，这样的内容和他的真实生活无关呢？

用这样的标准，就根本没有在作品中"撒谎"这件事了，作者想到的、想象的任何事物，都可以写进作品中，那都和他的生活有千丝万缕的关系，因而都来自真实生活，都是诚实的。

风靡一时的"私小说"

其实不只是芥川龙之介，夏目漱石、谷崎润一郎、川端康成都有类似的态度，和"私小说派"对立。"私小说"将作品的内容局限在作者的自我经验上，而且是内在的、外面无法轻易看见的行为与思想，但这几位杰出的小说家，有着更根本的体会：人在脑袋中所能思考、想象、创造的，远远超过了自身所能经历、体验的。

两者一宽一窄，在丰富与贫乏上形成强烈对比，那为什么要限制作者只能书写比较狭隘、比较贫乏的内容？

从夏目漱石到谷崎润一郎到芥川龙之介，他们各有各的发展方向。夏目漱石写"非人情"的挣扎，为了要摆脱"人情"的窄化捆绑，探讨人如何从这种情境中脱离开来。谷崎润一郎则写了在现实中不太可能出现的极端个性与极端感情，环绕着这样的人建构起传奇故事来。他们的根本精神与成就，都和"私小说"强调的"诚实"大相径庭。

近百年之后，曾经风靡一时的"私小说"除了少数作品，

147

今天看来都挺无聊的，反而是夏目漱石、谷崎润一郎他们以反对"私小说"态度写的作品，仍然让人读得津津有味。毕竟一个人的具体生活经验很有限，以前是因为有保守礼仪规范，人在生活中的大部分经验都被视为私密、不应该公开的，所以才给予"私小说"那种公开私密的惊讶效果。然而一旦公开了，大家也就发现，一个人能有的败德行为与思想，其实也都很类似，那么多类似的秘密很难持续产生刺激作用。

而且经过了时代的变化，"私小说"中的许多生活细节离开了特定的社会环境，不再有那样的压抑象征意义，对于不熟悉那样环境的读者也很难引发阅读享受的兴趣了。

仅有的能够留下来的"私小说"，是太宰治那种"失格派"，或堀辰雄带着奇特温度的作品。太宰治的历史地位，建立于他将文学与人生的关系倒转了过来。"私小说"原本的道理是用文学记录内在、掩藏、不堪披露的人生；然而太宰治却是写出了惊人的失德、败德小说，再用自己的人生去实现这样的文学。他让自己活得像想象虚构的小说"失格"人物，因而使得他的人与作品都带上了巨大的惊吓力量。

宫崎骏的动画《起风了》改编自堀辰雄的文学作品。堀辰雄另外一部更有名、成就更高的小说是《草帽》，表面上符合"私小说"的自我揭露性质，然而里面有许多带着浓厚诗意的温馨甜美表现，让读者能够返回一种天真的状态，无保留地接受、相信小说中败德的升华。

谷崎润一郎的红领带

芥川龙之介和谷崎润一郎有过很多文学互动。相较于谷崎润一郎，芥川龙之介是更勤劳、更敏锐的读者，虽然在日本文坛活跃不过十年左右，他大量阅读了当时的作品，发表了众多观察与评论。

将谷崎润一郎比芥川龙之介长寿许多、在芥川龙之介死后又活了那么久的因素放入考量，我们会更加惊讶，芥川龙之介竟然能够对谷崎润一郎有那样精确的观察与评论。

大正七年，一九一八年，两人的文学生涯都还在开端阶段，芥川龙之介就表达了他对于谷崎润一郎的看法。他特别提到日本古典文学是谷崎润一郎真正的滋养来源，即使是使用汉字，谷崎润一郎写的也不是来自汉文传统的文体，而是一种经过了小说、稗官野史、杂剧转化的，端庄却柔软的词语。用谷崎润一郎自己后来在《文章读本》中的说法，那是一种有汉字的"和文体"，而不是"汉文体"。

另外芥川龙之介敏锐地点出：尽管谷崎润一郎也读波德莱尔或爱伦·坡的作品，但这些西方因素对他的影响其实没有那么大，只是帮他增添一些皮毛的装饰而已，没有触动他的根柢。

处于同一个时代，又都反对"私小说"，但这两个人之间还是存在着巨大的差异。芥川龙之介尖锐地指出：谷崎润一郎的困扰，也是他最大的野心，来自对现代日文的不耐烦，觉得现代日文严重缺乏表现力。

谷崎润一郎曾经告诉他一次特殊经验。在京都路边经过两个摊子，摊子的主人都是女性，他先在其中一个那里买了花，旁边另一摊的主人于是用很委婉又带着撒娇情态的京都腔说："你买了她的应该也要买我的啊！"那样的语调与表现让谷崎润一郎长久难忘。于是在他心中有了强烈欲求，希望以现代京都腔为基础，创造出过去可能曾经存在过的特殊语言，来写文学作品。对他来说，现代日语的语尾变化太有限了，使他大感施展不开的困扰。

芥川龙之介很早就见证了谷崎润一郎最特别的文学追求，将来谷崎润一郎要花很多年的时间，离开创作的道路，绕去反复翻译古典名著《源氏物语》，经过了古日语的长期浸润，才终于找到一种丰富现代日语的风格与姿态，对他来说是把像硬邦邦的塑料花的现代日语，重新回归为真花，使其能够产生在风中微动摇曳的美。

这是漫长的一段路程，如果没有走那么久那么远，谷崎润一郎是无从创造出杰作《细雪》的。

芥川龙之介留下了另一篇关于谷崎润一郎的记录，在一个初夏的午后，他们两个人一起去神田逛街，那是东京有名的古书区，路上有许多文人来往。

那一天谷崎跟他平常一样，穿了黑色的西装，然后系着一条红色的领带。那条伟大的领带使我感受到他所象征的浪漫主义。应该不是只有我一个人这样想，因为在路上不管是男是女，经过的人应该都有同样的感觉。对面每一个走过来的人，没有一个不讶异地看着谷崎的脸。但是谷崎死也不承认，他说人家看是因为在看你穿的那一件旅行的外套。

谷崎润一郎穿得很醒目，尤其是戴上了夸张的红色领带，不过芥川龙之介的打扮也没有平常到哪里去。他穿了一件老式的旅行外套，看起来像是茶道师傅或菩提寺的和尚似的。这样两个人并肩走在神田町的街道上，当然引来了路人纷纷注目。然后芥川龙之介说：

但是既然谷崎和我都是不尊重逻辑的诗人，所以我也就没办法再勉强他接受我所认知的真理。

然后他们到咖啡馆里去，点好饮料后，芥川龙之介"仔细看着对面谷崎领带所散发出来的浪漫主义的烽火"，一个工作了很长时间以至于脸上擦的白粉都脱落了的女服务生两手端着杯子走过来，杯中盛着清澈得难以挑剔、正冒着细沫的汽水。

我至今无法忘记，她不忍离开，一手搭在桌上，盯着看谷崎的胸前，最后她说："你这条领带颜色真好。"十分钟之后，喝完了汽水要离开之前，我决定要给这个女服务生五毛钱的小费。和所有东京人一样，谷崎也是一个对于给人家无用的小费感觉到轻蔑的人。

我掏了五毛钱的小费，谷崎冷笑说："干吗？她有特别关照我们什么吗？"我对这位前辈的冷笑丝毫不在意，还是把一张皱巴巴的纸币递给了这个女服务生，因为这个女服务生不只帮我们端来了汽水，实际上她还为我向天下揭示了关于红领带的真理，我至今不曾给过比当时那五毛钱更有诚意的小费了。

文章带着玩笑、戏谑的口吻，他给女服务生小费是为了特别感谢她表达了对于谷崎润一郎身上红领带的注意，而不是芥川龙之介所穿的老式外套。而在其间芥川龙之介清楚地揭示了自我身份认同。他自认和谷崎润一郎都是诗人，所以不会依照平常人的逻辑行事，也不会在意引来路人注目，但是他和谷崎润一郎仍然有根本的差异：谷崎属于浪漫主义，他自己更倾向现代主义。

当他们面对干枯、贫乏、狭窄的写实主义或强调"诚实"的"私小说"时，两人坚定地站在同一边，然而遇到了关于文学美学更细腻的标准评判时，两人间有了尖锐对立的论战。

如何评断小说的好坏?

论战是芥川龙之介挑起的。他写了一篇探讨小说本质的文章，却刻意挑选了一个带有挑衅意味的修辞性问题来展开论点。问题是：要如何看待没有像样故事的小说?

芥川龙之介首先声明自己写的大多是有故事的小说，所以这个问题不是针对他自己如何写小说。接着最重要的，是小说的好坏不该以有没有故事来判断，不应该以看故事、听故事的态度来读小说。故事不是小说的必要条件，如果只重视故事，会错过了小说的本质。

行文到此，芥川龙之介却加了一个括注：

（一篇小说里面的故事到底是不是奇特，也不能够变成评断小说好坏的标准，众所周知像谷崎润一郎的小说都是建立在奇特故事的基础上的，或许这些小说将来会一路一直不断地流传，但是这些小说会流传，并不是建立在它们是奇特的小说、有奇特的故事这个基础上的。）

这是他衷心认定的谷崎润一郎小说的特色：充满了各式各样的奇情故事，因而写文章时便不吐不快地表达出来了。虽然芥川龙之介好像是中立地表示了"故事与小说好坏无关"，被指名的谷崎润一郎读起来却总觉得不对劲，很像是讽刺地以他的

153

作品为错误示范，说他的小说只是靠奇情故事吸引读者，没有故事以外的本质性价值。

芥川龙之介的确在文章中彰显了"没有故事的小说"，抬高了这种一般读者不容易喜欢的作品的地位。大部分的读者会认为这样的小说缺乏娱乐性、"不好看"，没有通俗趣味的性质。然而正因为拿掉了通俗趣味，这种小说有了一份纯粹性，直指小说的本质。

小说的本质不应该是娱乐性的，没有像样的故事提供娱乐，如果你还愿意读，就能在小说中得到娱乐以外的刺激、省思。对芥川龙之介来说，小说本来就是苦的，而故事是包在外面让人将其苦如药，其效果也如药的小说内容吞下去的糖衣。读小说却只停留在故事层次，只领会、享受故事，那就像是吃药只吃糖衣般荒唐、无谓。没有像样故事的小说，则是没有糖衣，直接以深刻、痛苦的性质对读者现身。

这是芥川龙之介的中心信念，所以他是一个现代主义者。现代主义文学是为了要扰醒不安而存在的。现代生活中有太多杂乱刺激，人很容易被都会生活的节奏与事件反复冲刷而变得感官麻木，不再知道该如何感受这个世界、如何有比较深刻的体会。因此现代主义的文学不再是写实的反映，而是要先打破现代生活制造的麻木，打破固定、习惯的安逸、安稳，创造出不安，以便刷新人的知觉能力。

他确实反对看重故事，而他提到了谷崎润一郎的小说里有很多故事，却在那么短的括注中没有明白地说，在故事之外，谷崎润一郎的作品究竟有什么本质性的成分，以便将来可以流传。

小说中"诗的精神"

谷崎润一郎被惹火了，写了一篇回应文章。他的论点是：如果拿掉了故事情节的趣味性，就等于放弃了小说这个形式的特权。为什么要写小说，为什么要读小说？不就是因为小说可以创造出、可以涵盖比现实更有趣的情节与故事吗！这正是谷崎润一郎反对"私小说"的原因，局限于现实的"私小说"太平凡平庸了，没有办法装填可生可死、能够超越一般生命的强烈情感，还有难得的、奇妙奇幻的经验。他自豪于能在小说中写出这些非现实的内容，那是他的醒目红领带所象征的浪漫主义性格。

然后芥川龙之介写了一篇正式的答复，标题直接叫《答谷崎润一郎君》，而且一开头就先强调："对于谷崎的创作态度，除了佐藤春夫，恐怕我是最了解的人。"佐藤春夫和谷崎润一郎彼此亲近到了有"换妻"的纠缠关系，当然是芥川龙之介比不上的，而之所以强调自己对谷崎润一郎的了解仅次于佐藤春夫，是要表示他不可能和谷崎润一郎对立。"我鞭打自己，同时鞭打谷崎。"用括注评论谷崎，正因为自己的创作和谷崎如此相近。

他解释重点在于"探明诗的精神的深浅"。谷崎润一郎的作品比法国小说家司汤达的更有名，尤其是在让文字具备绘画性一事上，谷崎润一郎比司汤达更成功。不过司汤达的作品中充满了诗的精神，那是一种只有司汤达才能达到的境界，即使是同为法国大作家的福楼拜，还有在福楼拜之前唯一的现代艺术家梅里美也都输给了他。

这样的评断，涉及好几位法国作家，芥川龙之介却以"这是无须赘述的问题"将之带过。这真是很浑蛋啊，摆出一副你们应该对这些人和他们的作品都很熟悉了，也都知道这种评断的理由，所以不需要我多说的姿态。然后解释，是以这样的标准为基础，才会对谷崎润一郎有高度的期望。

他认为谷崎润一郎的《刺青》是具备诗意的佳作，然而写作《刺青》的同时，谷崎润一郎却又写了像《痴人之爱》那样的小说，在那里面就没什么诗意了，写《痴人之爱》的作家离诗人很远。

所以文章结尾处，他发出了热情的呼唤："了不起的朋友啊！回到你本来的路上吧！"

小说好不好，关键在于有没有诗的精神。他对谷崎润一郎喊话：我期待你会是司汤达那种等级，甚至在诗意表现上超越了福楼拜和梅里美的等级，才做出那样的提醒，而且我不是只针对你、责求你，我也用同样的标准责求我自己。你不要遗忘了写《刺青》的那个自己，而沉溺于变成写《痴人之爱》的那个专注奇情情节却遗落了诗意的作家。

读了这篇答文，谷崎润一郎没有再写文章，而是去找芥川龙之介，直接问他：既然你说关键在于诗的精神，那就请你解释到底什么是诗的精神。而且为什么明明写的是小说，却要用诗的精神来写呢？

芥川龙之介的回答是："诗的精神指的是最广义的抒情诗。"谷崎润一郎不放松地追问，如果是广义的抒情性，"那什么作品没有这份抒情性？所有伟大的作品都有抒情诗的成分吗？"

芥川龙之介进一步说：

> 《包法利夫人》《哈姆雷特》《神曲》《格列佛游记》，这些作品都是诗的精神的产物。既然任何思想都可以被纳入作品，就必须要通过"诗的精神"这种圣火在上面有所烧烈。我要说的是如何能够让圣火炽烈地燃烧出来。这也许多半要依赖天赋和才能，但是出人意料的是，努力的力量竟然如此薄弱。圣火热度的高低直接决定了一篇作品价值的高低。

他又提出了一个新的比喻、新的标准。要经过诗的精神的圣火烧炼，才能知道作品是否有价值，然而能够通过这终极考验的作品是如此稀少。

世界上充斥着多少的杰作，但是你看一下，一个作家死了，即使是死了三十年，如果他给我们留下了十篇值得一读的短篇小说，这样就已经是大家了。如果三十年后留下五篇，已经是名家了。如果留下三篇，都能够算得上是一个作家。要成为这样的一个作家，也绝非易事。

他转而描述这样的考验有多难通过，没有正面响应谷崎润一郎对于诗的精神的追问。为什么不说清楚？是因为说不清楚，或是故意避开不想说清楚吗？

探测深不可知的人性

我认为这正是他表达自己作为现代主义者的方式，显示他和浪漫主义者之间的差异。浪漫主义重视感官，早期的川端康成自命为"新感觉派"，强调"感觉"就是浪漫主义的遗绪。浪漫主义反对理性分析，主张感官感觉比理性理解重要，因而要以艺术来创造各种感动，悲伤、震骇、愤怒、忧郁……都诉诸感官。

现代主义比浪漫主义来得冷静，甚至残酷。现代主义从浪漫主义穷尽之处崛起，自认看穿了浪漫主义的困境，要去探索理性和感官直觉都到达不了，却是现代生活不得不面对、不得不处理的混乱与茫然。

这种存在的体会，正因为太内在了，无法用正面、肯定的方式来表达，只能转而诉诸怀疑，甚至否定。能够被正面、肯定地说出来的，都被表面化了，或用精神分析的概念说——被"显意识化"了，就不再是潜意识中浮动的深刻内在。要到达潜意识的深度，只能狠心地放弃正面回答，改用"不是这样也不是那样，也不是既非这样也非那样"的多重否定，或"是这样吗？有可能是那样吗？怎么可能会是这样或那样？"的连续问句形式。

芥川龙之介既然已经说了诗的精神最重要、最为关键，他也就不可能正面描述诗的精神，解释为什么有价值的作品都具备诗的精神。诗的精神是要将来自经验的元素彻底打破，将之重新排列予以转化，产生一种非现实的秩序。

要让素材变成小说。芥川龙之介写小说的方式，同时提供我们的趋近他小说作品该有的基本认知，就是"破"与"立"，先将来自经验的一切打破，然后再进行创意的重组。他无法认同"私小说"，因为那种作品复制、抄袭人间经验，将经验直接拼成作品。那当然是不对的。

小说必须将经验拆开，拿掉其中的许多成分，只剩下能够表彰诗的精神的一小部分，然后再寻找，给予剩下的一小部分一种新的秩序，如此创造出离开了现实的抒情性。

他知道自己的风格很容易被认为和谷崎润一郎的很相近。他也写非常、极端情境中人的反应，他也写不像是日常生活里会出现的邪恶巫婆等人物。然而芥川龙之介的用意、他的出发点，和谷崎润一郎很不一样。

谷崎润一郎善于写动人的情境，就连后期在已经不那么依赖奇情故事的《细雪》中，都有大水淹漫的非常情境，本身就让读者留下了深刻印象。但芥川龙之介的非常情境都是手段，为了要刺激人物在其间产生非常反应，甚至是自己都没有预期、无法控制的复杂反应。

像是《枯野抄》将情境设定在松尾芭蕉临终的病榻前，为了要让那个非常情境去考验、去打破我们一般认定的"正常"哀伤感受。这些弟子都是受考验的人，包括读者也是。共同的、抽象的哀伤不是真实，真实状况比哀伤复杂，甚至麻烦多了，每个人会在心中涌现无法控制的种种反应，进而从这些不预期的反应中被迫认知自己是谁，是一个什么样的人。

重点都不在情境、不在情节，而在于人的反应，更在于人的深不可测，是对自己都深不可测的艰难事实。正因为人如此深不可测，才需要以小说破除种种障碍来探测。想象力破除了现实的抵抗，进入被掩盖的深层，将人不可思议的复杂反应描述出来。

短篇小说的美学信仰

芥川龙之介留下了一百四十多篇小说，都是短篇，没有任何长篇作品。这在相当程度上是他文学信念带来的自主选择结果。他要做的，是将人投在非常状态中，去检验人的反应。而既然是非常状态，那就如《老子》说的："飘风不终朝，骤雨不终日。"暴风雨只会短暂存在，很快就要恢复正常，因而适合非常状态的描写风格，必然是凝缩的，在很紧密的时空、节奏中去挖掘出人在一般时空与节奏中得以隐藏、有余裕可以隐藏的那一面。

前面介绍过的《手绢》就设定老师在完全没有防备的情况下，遇到了学生母亲的不意来访，又完全偶然地，在客人不预期到来前，他正读着斯特林堡的书。这样的情境不能延长，在时间上延长，情境就必须转回日常、正常了。

短篇小说和长篇小说有很不一样的节奏。长篇有一种悠缓，甚至浪费的步调。过去台湾的长篇小说，不管是司马中原的《狂风沙》、纪刚的《滚滚辽河》还是罗兰的《飘雪的春天》都是用这种长篇的节奏、长篇的腔调写的。不过晚近文学风格的一大转变，就在于愈来愈难找到用这种节奏、腔调写的长篇作品了。

与之形成强烈对比的，是骆以军的《西夏旅馆》这类作品，虽然有四十万字的庞大规模，却从头到尾维持着一种浓稠性与紧张度，没有长篇小说的那种悠远宽松。虽然是长篇的篇幅，但在风格上，这部小说毋宁说是"反长篇"的。

对照下我们就能了解，自认为是现代主义者的芥川龙之介，要以"诗的精神"来写小说，他当然极其重视小说内部的高度紧张性质。他不是没有尝试过写较长的作品，但在这样的美学信念限制下，他的长篇不太可能成功。在《地狱变》之后，他写了《邪宗门》作为续篇，本来计划写得还要比《地狱变》更长些，但终究没有写完就放弃了。

另外还有一部从自己的现实生活中取材的作品，叫《路上》，他写了"上篇"，结尾处加了一个附注，说"上篇到此为止，下篇即将发表"，然而"下篇"从来没有写出来。

他的小说一旦拖长了，就很容易产生与自身美学信念相抵触之处，让他感到不对劲、不耐烦，因而写不下去了。他的重要名篇中，《地狱变》的篇幅最长，但从头到尾都没有失去他所追求的非常情境、紧凑节奏，以其长度来说，《地狱变》几乎是不可思议地一气呵成的杰作。

从介绍良秀出场，到由猴子联系到良秀的女儿，再到神秘隐身在叙述声音中的叙述者创造的种种悬疑，到"地狱变"绘画的出现，还有良秀对待徒弟的方式，引出他只能画真实的东西，所以需要一辆真实火烧中的车来完成"地狱图"，一步一步带领读者迈向我们似乎知道又不是很清楚的后续，一直到高潮的震惊效果。

这样的浓度与强度，却无法维持到预定的续篇《邪宗门》

里。在这种长度中得以保持纯粹的芥川龙之介式风格,《地狱变》被证明是独一无二、连芥川龙之介自己都无法复制的巨大成就。

小说的结构问题

谷崎润一郎在和芥川龙之介讨论情节是否重要的文章中,提出了一个论点:文学中最具结构美的,是小说;而小说中之所以要有故事、要有情节,是为了要建立起结构。故事有头有尾有中腰,有前后伏笔、悬疑形成的顺序结构,如果没有了故事,小说就散掉了,要如何建立结构,如何维持结构之美?

其实这是谷崎润一郎对芥川龙之介最有效的反击。他看出来芥川龙之介最大的弱点就在于无法安排结构让自己的小说展开。芥川龙之介只能说:"俳句也有结构啊!"但这并没有回应谷崎润一郎的质疑,他质疑的是:没有故事,如何写出比较长的作品,如何应对长度带来的结构要求?

这是谷崎润一郎比芥川龙之介强得多的地方。他能写以第一部、第二部、第三部逐渐展开又彼此呼应的长篇作品,有空间能够呼吸。芥川龙之介擅长的,却是在小说中创造让人目不暇接、阅读中仿佛快要喘不过气来的效果。

因而阅读芥川龙之介时,我们往往需要重新仔细检索短短篇幅中的各个部分，不能单纯按照文本里的前后顺序看待。他几乎无视文字的线性叙述本质，让文本中不同部分的内容，打破了前后逻辑，产生各种不同的呼应关联。

芥川龙之介的小说关切的，不是"然后呢"，而是当下发生了这件事，这个人、这些人如何反应，各自的反应如何交织成一片纠结的"意义之网"，那才是他的结构，和谷崎润一郎所说的那种有头有尾有中腰的叙述顺序很不一样。

两人为了小说中的故事、情节争执、论辩后没多久，芥川龙之介就自杀身亡了，谷崎润一郎则比他多活了将近半个世纪。不过谷崎润一郎在晚年，留下了一个奇特的文本，那就是小说《少将滋干之母》。关于这本小说比较详细的介绍，请大家参考这个书系里的另外一本书《阴翳、女性与风流》。

这里要特别提到，《少将滋干之母》像是谷崎润一郎晚年对于年轻时的这位朋友芥川龙之介的致敬之作。小说模仿平安时代的笔记风格，描述了关于平中的传奇故事。平中在历史上确有其人，是平凉大夫的二儿子，在平安时代留下了许多他的好色记录。

小说中写到他爱上了一个女侍，对方却不理他，他连续写了三十多封情书，对方连一封回信都没有，后来他低声下气请求："这么多封信，你至少给我一个回答说你看过了。"终于来了回信，打开来一看，上面就只有"看过了"，而且再仔细一看，连那么短的一句话，都不是那个女侍自己写的，是从平中自己写去的信中剪下来贴上去的!

在芥川龙之介的短篇小说中,有一篇题为《好色》的,就是写平中的故事,而且就是写他爱上的这位女侍如何整他。平中已经写了许多情书,自认为应该打动了对方,就故意选择了一个大雷雨的夜晚去找她。她让平中进入房间,平中很兴奋,靠近过去,在黑暗中她娇羞地说:"门还没锁,我去锁门。"女子起身,随即传来落锁的声响,平中更兴奋了,然而却怎么都没有等到女子回到他身边。他摸索过去,却发现自己一个人被从外面反锁在房间里了。

《好色》并不是一个单纯的趣味故事,后面有惊人的转折,就留给大家自己去读,不剧透破坏你们可能会有的阅读体会。不过《好色》中只写了平中的故事,到了谷崎润一郎手中,《少将滋干之母》却是从平中开始,突然转而去写时平,以"时平夺妻"作为小说的中心高潮。

《少将滋干之母》是一部结构不平衡的作品,从平中开始写,当读者很自然地认为平中是主角时,突然将叙述转到时平身上,然后又牵扯回平中,写平中的人生终结,最后才出现书名中的"少将滋干",描写他如何思念被夺走的母亲,如何终于在树下见到了母亲。

不平衡之处在于,整部小说可以不需要平中。从夺妻的时平到被夺走母亲的滋干,这是同一个故事,彼此紧密相连。平中插在里面破坏了叙述的紧密性。因此,在这部小说里,谷崎润一郎是故意使用了芥川龙之介曾经写过的平中，而且几乎也是故意地破坏了明明可以掌握得更好的结构。他写出了一部芥川式的小说，重点不是要写依随时间那一家人身上发生了什么事，而是以"时平夺妻"的惊人场景为中心，去延伸显现不一样的人的不同反应。

"时平夺妻"和后来滋干被父亲引着去看腐烂中尸体的部分，都很惊人，是超乎一般正常想象的惊骇场面，然而谷崎润一郎却写得让我们不得不相信、不得不接受：是的，真的有这样的人会做这样的事，这就是人，我们必须扩张自己对人的想象与认知。

这样写的小说，毋宁说是芥川龙之介式的。谷崎润一郎到了晚年都还会忍不住突破自我去写这样一部小说，相当程度上是提醒了我们：芥川龙之介建立了多么鲜明的风格，影响了许许多多后来的创作者。

一个事件七种证言

芥川龙之介影响了年轻时的黑泽明。还是建议、推荐大家好好看一下黑泽明的经典电影《罗生门》，如果你看电影前，没有读过芥川龙之介的《竹林中》，你可以一边看一边想象原著可能是如何写的，看完电影之后，去找原著来读。

那么最有可能的想象与事实差别，是你发现原著竟然那么短。小说《竹林中》一共有七段来自不同人的证词，且每一段都很短。

第一段来自发现尸体的樵夫，他的证词重点在于：第一，事件发生在远离大路的地方，那是马进不去的深密竹林里；第二，现场感觉上像是经过了打斗。

第二段的证词来自行脚僧，他让我们知道了死者是一个不只带着刀，还带着弓箭的武士，他的箭袋里插了好多支箭。

第三段说话的是逮捕了强盗多襄丸的差役，他提出了对于事件的一个说法。多襄丸是个好色之徒，所以是死者妻子的美色引动了强盗杀人的行为。

第四段则是死者岳母的证词。从她的话中我们知道了死者的妻子在案发后不知去向，找不到人。

第五段轮到当事者强盗多襄丸上场了。依照他的说法，他骗这个武士说自己在林中挖出了很多贵重财货，武士出于贪心，才带着妻子进入无人的竹林，在那里被袭击、被绑起来。多襄丸甚至在武士面前强暴了他的太太。事情结束后，多襄丸要离开了，武士的妻子却拉住他说："你不能就这样走，你和我的丈夫之间，总要死一个，不然你叫我怎么办？你用这种方式欺凌我，要么你把他杀了，我跟你走，不然你让他杀了，我可以回去。"

这里出现了芥川式的考验，在不可思议、非常、极端的情境下考验人的反应。多襄丸说，被女子如此请求，他决定放开武士，正面决斗，依靠自己的武勇，在第二十三回合时杀了武士。描述过程中，他还要特别夸口强调："没有多少人能够在我手下走过二十三回合啊！"

第六段的场景改换到京都清水寺，是一个女子的忏悔告白。依照她的说法，在她被强盗凌辱了之后，她看见了丈夫的眼光。那是最可怕、最绝对的轻蔑，似乎自己作为一个女人的所有价值，都在那眼光中被剥除了。她无法忍受，因此用匕首杀了自己的丈夫，却没有足够的勇气自杀，所以痛苦地来到清水寺忏悔。

轻蔑的眼光可以杀人。在《袈裟与盛远》中我们看过的极端人间冲动，这里又出现了。

最后一段是亡灵之声，是通过巫女说出的死者的版本。他说妻子被凌辱之后，选择要和强盗走，强盗反而不要，对他说："这种女人留给你，你自己处理，不干我的事。"他受不了双重的打击——目睹妻子被凌辱，又被妻子背叛，因此他将妻子留下的匕首刺入自己的胸膛。不过在他倒下去时，可以感觉到有人将匕首从他身上拔了出来，表示当时还有别人在场，但他不知道那个人究竟是谁。

小说很短，却呈现了七个人的证词。要执行这样一个各说各话的小说设计，如果是才分没那么高的作者，很可能觉得写三个版本就够了，让读者自己去决定要相信谁的说法。然而重点就在于芥川龙之介多加了樵夫、行脚僧、差役和老妇人的说法，他们提供了相对客观的事件架构，使得当事人的三种说法都有破绽，都无法被当作事实。

这三个人说法不一，每一种说法都有其不合逻辑的部分，于是我们的注意力不得不转移到哪一种说法最有说服力上，也就是考虑三个人所描述的动机。于是和在《鼻子》《山药粥》《枯野抄》《地狱变》等作品中一样，芥川龙之介点出了：你对于"人遇到什么事会有什么反应"的预期，比起真实的人性复杂度，都必定太简单了。

一个妻子被强暴了，然后呢？强暴者会想什么，被施暴者会想什么，在这种非常情境下被迫目睹暴力事件的丈夫又会想什么？三个当事人的说法都让我们震惊，却又都带有一定的说服力，这就充分显示了平日被压抑、隐藏的人性复杂之处，只有在如此极端不安中才会对我们呈现、逼我们承认。

现代文学的使命

芥川龙之介告诉我们该如何写小说，又如何读小说。如果将重点放在故事上，追求好的故事，那是希望从小说中获取娱乐。然而小说的重点不在这里，芥川龙之介没有要让读者那么轻松、舒服，他强调好的小说应该要挑战读者、考验读者。

进入二十世纪，现代主义中文学和读者的关系彻底改变了。"现代诗"刻意避开日常习惯的语言文法，创造出另一种运用文字的方式，逼迫读者从语言文字本身就远离日常舒适而偷懒的情况。现代小说也往往刻意骚扰读者，放入许多读者原先认为不应该写、不能写的内容，诸如乱伦、恋童、血腥残暴、扭曲欲念，以及许多会让你恶心呕吐的成分。运用了不同的文学手段，但其目的基本上是共通的，那就是唤醒在现代生活中变得麻木的人。

芥川龙之介属于这个潮流，不断在作品中考验读者，然而他的手法比较温和，带有一种独特的魅力，将读者拉入那个充满疑惑、不安的非常环境，却不会让你受不了，想要合上书页逃离。你会好奇想知道接下来发生了什么事，一步一步随着走进他所建构的那个狂乱世界里，体会狂乱对于所谓"正常"人世的质疑冲击。

在大正时期，芥川龙之介将现代主义的信念，以极其高明、熟练的技法推到相当的高度，这是他最了不起的成就，在日本，乃至世界文学史上有着不可磨灭的贡献。

芥川龙之介年表

1892 年　出生　　　出生于江户（东京）的大川端入船町，原名新原龙之
　　　　　　　　　介。出生后不久因生母罹患精神疾病，被送到母亲娘
　　　　　　　　　家照顾。

1902 年　10 岁　　　母亲去世，两年后由舅舅领养，改名芥川龙之介。

1913 年　21 岁　　　进入东京帝国大学学习英国文学。

1914 年　22 岁　　　与菊池宽、久米正雄等人参与第三次《新思潮》杂志
　　　　　　　　　活动。发表首部短篇作品《老年》。

1915 年　23 岁　　　发表《罗生门》。

1916 年　24 岁　　　参与第四次《新思潮》杂志活动。发表了《鼻子》，受
　　　　　　　　　到夏目漱石赏识，同年还发表了《山药粥》《手绢》
　　　　　　　　　《烟草与魔鬼》，并于海军机关学校担任英语教师。

1918 年　26 岁　　　发表《地狱变》《枯野抄》《鲁西埃尔》《蜘蛛之丝》等
　　　　　　　　　作品，并着手连载《地狱变》的长篇续作《邪宗门》，
　　　　　　　　　但最后未完成，同年与冢本文结婚。

1919 年　27 岁　　　进入大阪每日新闻社就职。

1920 年　28 岁　　　长子比吕志出生。发表《南京的基督》《杜子春》等作。

1921 年　29 岁　　　以报社海外视察员的身份前往中国，之后写成《上海

游记》一书。

1922 年　30 岁	发表《竹林中》，后由黑泽明导演改拍成电影《罗生门》，享誉国际。次子多加志出生。
1923 年　31 岁	关东大地震。同年，友人菊池宽创办《文艺春秋》，芥川龙之介在此连载格言体随笔作《侏儒的话》，直到1927 年结束。
1925 年　33 岁	第三个孩子也寸志出生。在文化学院文学部担任讲师。
1926 年　34 岁	因精神问题，入住神奈川的汤河原疗养。
1927 年　35 岁	写作《河童》、《齿轮》与自传性质的短篇小说《呆瓜的一生》等多部作品后，自杀身亡。